Das Paddelboot II
Spurensuche

korrigierte 2. Auflage

Es ist entsetzlich,
wenn du bedenkst,
dass du nach dem Tode
einen sonnigen Tag,
ein Lächeln
oder
einen Freund
für immer verloren hast;
es ist indessen entsetzlicher,
alles das als

Lebender

verloren zu haben und über allem,
was du gehört und gesehen hast,
auszuschreien:
„Niemals, niemals!"

E. M. Cioran: „Auf den Gipfeln der Verzweiflung"
© Suhrkamp-Verlag 1989

Das Paddelboot
Spurensuche

Zweiter Teil
der Trilogie
von

Erika Oczipka ©2015

Foto Cover vorn:
Paul de Bruin©, La Palma
Cover Rückseite: Erika Oczipka©

Herstellung und Verlag:
BoD - Books on Demand,
Norderstedt

ISBN: 9783739203379

Bibliografische Information der Deutschen Nationalbibliothek:

Die Deutsche Nationalbibliothek verzeichnet diese Publikation in der Deutschen Nationalbibliografie; detaillierte bibliografische Daten sind im Internet über
http://dnb.d-nb.de

abrufbar.

©2015 Erika Oczipka

Herstellung und Verlag:
BoD - Books on Demand, Norderstedt

ISBN: 9783739203379

Inhalt	Seite
Vorwort und Vorankündigung	9
Anna nach dem Abschied von Paul	12
Anna in Köln, im Hotel am Chlodwigplatz	16
Paul in der Nacht von Annas Flucht – Köln	32
Anna, noch immer in Köln	43
Anna - Rückreise nach Leer am 20. Mai	58
Anna - zurück in Leer	70
Dirk erhält Besuch von der Kripo	74
Dirks lange Nacht zum schwersten Tag	86
Dirks bisher schwerster Tag	92
Dirk allein zu Hause	96
Paul kauft ein Flugticket in Köln	99
Annas erste Woche in ihrer Wohnung	106
Annas Alptraum gegen die Realität	109

Paul verlässt das Hotel in Köln	113
Anna auf Spurensuche	116
Dirk trifft Anna	120
Pauls Reise beginnt	125
Dirks Wiederholungstraum	135
Dirks lange Nacht	138

Vorwort und Vorankündigung

Meine Erzählung „Das Paddelboot - Der letzte Ausflug" schien für mich abgeschlossen, auch wenn mir das offene und spekulative Ende nicht sonderlich gefiel.

Ich kam mir, je länger ich darüber nachdachte, fast wie eine Verräterin an meinem Protagonisten Paul vor, den ich zurückgelassen hatte ohne eine Chance, seine Beziehung zu Anna zu retten. Jede dritte Ehe in unserem Land endet mit Scheidung oder Trennung, aber bis es soweit ist, ist oft viel mehr geschehen als das zwischen Paul und Anna. Ich begann Paul zu mögen, weil er anders war und die Welt schicksalhaft anders erlebte.

Jetzt befinde ich mich in Kroatien auf der zauberhaften Insel Cres, auf dem beliebten Campingplatz Kovacine.

Auf meiner Terrasse sitzend, denke ich an Paul, den ich so sang- und klanglos von der Bühne des ‚Paddelboot' verbannte, nur weil er es nicht gelernt hatte, seinen Gefühlen Ausdruck zu verleihen. Mir war und ist klar, dass es vielen Menschen so geht. Sie verstehen es, ihre eigenen Mängel mehr oder weniger gut zu verbergen, leiden aber heimlich unter ihrem Anderssein.

Natürlich ist das nicht alles, was es über Pauls Verhalten Anna gegenüber zu bemängeln gibt. Er hätte seiner Frau mehr Aufmerksamkeit widmen sollen, sie in Bezug auf seine sexuellen Bedürfnisse aufklären müssen und Anna nicht allein ins Messer der normalen Erwartungen seitens ihrer Umwelt laufen lassen dürfen. Ihm, dem die Small-Talk-Wortgewandtheit nicht gegeben war, hätte zumindest im Gespräch mit ihr einfallen müssen, dass Anna andere Erwartungen an ihn haben könnte. Je länger ich über sein

Verhalten nachdenke, desto mehr komme ich zu der Vermutung, dass Paul durch eine leichte Form des Autismus, wie dem Asperger-Syndrom, zu bestimmten Verhaltensweisen nicht fähig gewesen sein könnte.

Unbewusst habe ich ihn möglicherweise damit ausgestattet. Ich weiß, dass diese Menschen beeinträchtigt sind in Bezug auf Sozialkontakte und Interaktionen wie Körperhaltung, Gestik, Blickkontakt und vieles mehr. Ich weiß auch, und das ist wohl bei Paul evident, dass es ihm an sozialer und emotionaler Gegenseitigkeit mangelt.

Aber wie sollte Anna das wissen, die eine sehr enge Beziehung zu ihrem Bruder gehabt hatte und nun mit dem netten, aber leicht autistischen Paul den Mann an ihrer Seite hat, der ihrem Leben in der scheinbaren Zweisamkeit vieles abverlangt und ihr dafür keine Erklärungen liefert, wozu er tatsächlich nicht in der Lage ist.

Intelligent genug dazu ist er sicher; ich muss es ja wissen, da ich ihn geschaffen habe. Ausdauer, Ehrlichkeit und andere weitere positive Eigenschaften hat Paul zweifellos, vielleicht sogar mehr als andere Menschen, mit denen wir uns umgeben.

Mein Plan war zunächst, nachdem ich ‚*Das Paddelboot – Der letzte Ausflug*' aus den Augen verloren, besser gesagt, fast aus meinem Leben geworfen hatte, eine neue Erzählung oder einen Roman zu schreiben, wie sonst auch.

Dann aber geschah etwas, was meinen Plan in eine ganz andere Richtung drängte. Ralph Biedermann aus Fulda, guter Kenner der Insel Cres und bewährter Geschichten-Erzähler, konnte mich vor Ort davon überzeugen, dass es sich geradezu aufdränge, die Insel Cres zum Schauplatz einer neuen Erzählung werden zu lassen.

Und da fühlte ich, dass ich Paul eine Chance geben sollte. Paul ist mir näher gekommen. Inzwischen habe ich begonnen, Paul eine Art Wiedergutmachung zukommen zu lassen. Was ich als Erzeugerin der Figur vor einigen Monaten selbst nicht ahnte, habe ich nun in Buchstaben umgesetzt: *Paddelboot II – Spurensuche*.

Das ist jedoch nicht alles: *Spurensuche* kann auf verschiedene Weise gedeutet werden, ist letztlich für mich die Vorbereitung auf den dritten Band gewesen, den ich für den Sommer 2016 plane. In ihm gebe ich die bisherigen Schauplätze Leer und Köln auf und ziehe mit meinen Leuten auf die Insel Cres.

Ich verlasse mich dabei auf die zugesagte Unterstützung von Ralph sowie von meinem Lebensgefährten John Zwaga. Er war ebenso schnell eingeweiht wie begeistert. Ralph und John, beide kritische Widerspruchsgeister, haben meinen Ehrgeiz geweckt, und ich freue mich schon auf ihre phantasiereiche Unterstützung.

Ich bin gespannt, in welche Winkel dieser Insel *Paddelboot III* uns führen wird. Und ich hoffe, dass mir die Leser sowohl bei der *Spurensuche* als auch bei der letzten Folge die Treue halten werden.

Cres, im Juni/Sept. 2015 (Platz 264, grün)

Anna nach dem Abschied von Paul

Als Anna nach ihrer Flucht vom Campingplatz in der Nacht vom 15. auf den 16. Mai in Köln-Rodenkirchen im Taxi sitzt und dem Fahrer zusieht, welche Route er nimmt und was noch auf den Straßen los ist nach Mitternacht an einem Sonnabend, treffen zwei Gedanken aufeinander, die das Ziel ihrer Taxifahrt betreffen. Einerseits möchte Anna eine große räumliche Distanz herstellen und direkt nach Leer zurückkehren. Sie ist überzeugt, eine passende Zugverbindung zu finden. Andererseits hält sie es für gegeben, noch ein paar Tage in einem Kölner Hotel zu verbringen, um sich aus ihren widersprüchlichen Emotionen, die ständig in ihr hochsteigen, herauszuwinden.

Es ist ihr klar geworden, dass beide Möglichkeiten Vorzüge bieten. Sie hat das noch auszuloten. Doch bevor der Taxifahrer über die Bonner Straße auf den Chlodwigplatz zusteuern kann, greift sie ein und erklärt die Änderung ihres Ziels.

Sie zahlt, nimmt ihre Tasche, grüßt den Fahrer und steigt aus. Sie geht zunächst in das am Kreisverkehr gelegene Caférestaurant, das gerade schließen will – man lässt sie aber noch kurz hinein – und bestellt einen Capuccino und ein Sandwich. ‚Wie nett die Leute hier doch sind', denkt Anna.

Als sie den Reißverschluss ihrer Tasche öffnet, um ihr Handy herauszuholen, hält sie inne, da ihr bewusst wird, dass Paul ihr das Handy ja abgenommen hat. Stimmt das wirklich, oder ist alles doch nur ein Traum? Nur ein Traum? Das Nur scheint ihr fehl am Platz zu sein. Sie stützt den rechten Ellenbogen auf dem Tisch ab, als suche sie in dieser offensichtlichen Schieflage nach einer stabilen Lösung. An diesem Abend wird es keine mehr geben, beschließt Anna. Sie wird einige Tage hier bleiben, ihr fällt ohne zu überlegen das Hotel am Chlodwigplatz ein, das sie ihren Eltern vor Jahren vorgeschlagen hatte, um eine Woche mit ihnen und ihrem Bruder Andreas in Köln zu verbringen und die ‚Kinder' dabei die Rolle des Fremdenführers übernehmen zu lassen. Beides war gelungen, das Hotel war angenehm gewesen und relativ preiswert. Anna und Andreas führten ihre Eltern durch Köln, nicht nur darauf bedacht, ein möglichst gutes, sondern ein realistisches Bild zu zeichnen. Auch das war ganz im Sinne ihrer lieben Eltern abgelaufen.

‚Wie lange das alles her ist', sinniert Anna, jedoch ohne diesen Beigeschmack des Bedauerns, eher wie eine erfreuliche Tatsache, gespeichert und wieder abrufbar wie jetzt.

Sie zahlt, nimmt ihre Tasche auf und überquert die Bonner Straße mit dem auch nachts noch starken Verkehr. Neu sind für Anna die immer noch geschlossenen Zugänge zur Nord-Süd-U-Bahn, die erst im Sommer 2016 in Betrieb genommen werden sollen. Im Moment bedeutet dieses Bauwerk noch mehr Verkehrsenge im gesamten Chaosbereich des Chlodwigplatzes.

Im 2009 fertig gestellten Kreisverkehr brummt und summt es. Ein langer Transporter hatte es sogar einmal geschafft, die Fahrt im Kreis abzukürzen und, vom Rhein kommend, wie früher möglich, direkt links in die Bonner Straße abzubiegen. Sie las das im Kölner Stadtanzeiger und amüsierte sich. Vom Hotel, das seinen Eingang in der Merowingerstraße Ecke Elsass-Straße hat, war ihr besonders der

Außenanstrich in einem verwaschenen Grün im Gedächtnis geblieben und das freundliche Personal. Von hier aus kann man zu Fuß große Teile der Stadt erkunden.

Sie klingelt, freut sich, dass noch Licht zu sehen ist. Der Nachtportier ist höflich. Er kann ihr nur ein Doppelzimmer vermieten zu einem reduzierten Preis. In dieser Stadt findet täglich mehr als eine Messe statt.

Wie spiegelt sich das und was diese Stadt sonst noch zu bieten hat an Attraktionen wider oder wirkt sich aus in der Arbeitslosenquote Kölns? Dafür hat sich Anna vor Jahren aus beruflichen Gründen interessiert. Die Diskrepanz beginnt schon mit der Definition. Es gibt eine errechnete Arbeitslosenquote, zum Beispiel 9,8 %. Gleichzeitig spricht man von einer Unterbeschäftigungsquote, die 12,5 % betragen soll. Diese Werte müssten eigentlich übereinstimmen, tun sie aber nicht. Es ist gleichermaßen pervers wie erfindungsreich, was die Statistiker zustande bringen. Anna steht kurz davor, sich aufzuregen, bis ihr einfällt, dass sie sich mit so etwas momentan nicht beschäftigen möchte. Und spätestens jetzt stellt Anna fest, dass sie ganz weit weg ist von Paul und dem Campingplatz.

Der Portier ist so nett, die Formalitäten der Anmeldung auf den nächsten Morgen zu vertagen, händigt Anna einen Schlüssel aus, beschreibt ihr den Weg zu ihrem Zimmer im zweiten Stock und wünscht ihr eine gute Nacht. Leise, fast unhörbar, schleicht Anna die Treppe hinauf ins Zimmer mit dem Doppelbett. ‚Es geht wohl nicht anders', denkt sie. ‚Überall wird man als Einzelwesen mit der Nase darauf gestoßen, dass man ein solches ist.' Weder schaut Anna sich das Interieur an, noch setzt sie sich einen Moment, um zur Besinnung zu kommen, in einen der Sessel, nein, sie zieht sich nach einem kurzen Aufenthalt im Bad in ihr Bett zurück, löscht das Licht der Nachttischlampe und fällt nach diesem merkwürdigen Abend und der schon halb vergangenen Nacht schnell in Schlaf.

Anna in Köln, im Hotel am Chlodwigplatz

Der erste Gedanke, als Anna am Morgen aufwacht, ist ein von der Realität noch ungetrübter. Die Hände unterm Kopf gefaltet, liegt Anna in den Kissen und schaut hinaus ins Licht eines neuen Tages. Wie schön, dass die Vorhänge nicht zugezogen sind. Es besteht kein Zweifel: Sie ist in Köln und sie fühlt sich frei. Nach den Erfahrungen der letzten Tage würde sie ahnen können, wäre jemand ihr auf der Spur, doch ein solcher Gedanke ist nicht einmal ansatzweise vorhanden.

‚Was für ein schönes Gefühl, ich liege hier in einem Hotel in der Südstadt Kölns, werde gleich frühstücken gehen und mich frei bewegen.'

Der erste Blick auf die Uhr sagt ihr, dass es kurz vor Mittag ist. Sie springt aus dem Bett, geht ins Bad, um anschließend festzustellen, dass sie in ihrer Tasche nur ein einziges Kleid hat. ‚Macht nichts, ich gehe in die nächste Boutique und werde mich beraten lassen. Auf der Severinstraße und in den Seitenstraßen und Gassen muss doch etwas zu finden sein', erinnert sie sich.

Im Empfangsbereich sitzt ein junges Mädchen. Anna stellt sich vor und legt ihren Personalausweis auf den Tresen.

„Gestern war es schon sehr spät, als ich hier ankam, eigentlich war es schon heute", erklärt sie.

„Ja, ich weiß", lächelt ihr das junge Mädchen zu und macht ihre Eintragungen. „Wie lange haben Sie vor zu bleiben?"

„Das kann ich noch nicht sagen", antwortet Anna wahrheitsgemäß".

„Es ist nur wegen der zwei Messen, die morgen beginnen und ein paar Tage dauern. Da sind wir leicht ausgebucht. Sie haben sowieso Glück gehabt mit dem Doppelzimmer.

Vielleicht können Sie mir im Verlauf des Tages eine konkrete Antwort geben", sagt sie freundlich.

„Ich werde es versuchen."

Vor einem kleinen Café auf dem Sachsenring, unweit des Hotels, sitzen Gäste in der Sonne und plaudern miteinander. Die Inhaber sind Italiener und schon einige Jahre an diesem Platz, wie Anna weiß. Sie begrüßt im Innenraum die Frau des Hauses und fühlt sich schnell wie eine alte Bekannte, die mal wieder hineinschaut. Anna bestellt ein Baguette mit Mailänder Salami und einen Milchkaffee.

Ein freier Platz findet sich auch, sie blinzelt in die Sonne. Ihre Sonnenbrille liegt im Wohnmobil. Ein verbotener Gedanke, denn es würde eine lange Reihe von Gegenständen werden, zählte sie sie alle auf. Sie verbietet es sich noch einmal ganz explizit.

Sie sieht den Straßenbahnen nach und überlegt, ob sie nicht ins Zentrum fahren solle. Bei diesem Wetter könnte ein gemütlicher Spaziergang vom Neumarkt über die Schildergasse und Hohe Straße zum Dom eine Abwechslung sein und zugleich ließen sich einige notwendige Einkäufe damit verbinden.

Mit dem Blick auf vorübergehende Frauen wird Anna klar, dass sie einige Kleidungsstücke wird kaufen müssen. Das könnte sie hier in der Südstadt auch, aber da dieser Tag ein Samstag ist und Anna weiß, was bei schönem Wetter im Zentrum los sein wird, lässt sie sich auf ihren selten aufkommenden Wunsch ein, sich in die Menschenmenge zu werfen, sich treiben zu lassen, sich wie ein Tourist, jedoch mit Insiderwissen, dem Kommerz hinzugeben. In Leer ist das nicht möglich, warum eigentlich nicht? Anna glaubt, dass die Biederkeit der Ostfriesen keinen Raum

lasse für Experimente oder, freundlicher gesagt, ist bei der recht geringen Anzahl der Frauen und Männer, die das dann doch mitmachen würden, der finanzielle Aufwand für die Geschäftsleute zu groß und damit auch das Risiko, auf angemessene Gewinne verzichten zu müssen.
‚Ach, was denke ich da', lacht Anna über sich selbst, ‚ich tue ja so, als wäre ich eine der mutigen Frauen, die in der Mode immer den Ton angeben möchten und das auch um jeden Preis. Stimmt ja gar nicht. Erstens könnte ich es mir nicht leisten, und zweitens, was würde Paul …,' Anna stockt. ‚Er schleicht sich wieder in mein neues Leben, oder stecke ich noch mitten drin im alten? Klar ist das so!'

Ihr eigenes, darauf folgendes Kopfschütteln nimmt Anna mit Humor. Mit jeder Bahn, die vorbei fährt, löst sich einerseits die Spannung in ihr, lässt jedoch die Unruhe ansteigen. Sie trinkt den Kaffee schneller als gewöhnlich und nimmt beim Baguette alle Finger zu Hilfe, um es in kleine Stücke zu teilen. Schließlich steht sie auf und bittet um eine weitere Serviette. Dabei spricht sie mit vollem Mund, was gar nicht zu ihren Gewohnheiten gehört, zahlt, grüßt freundlich beim Hinausgehen.
Fast hätte sie ihre Tasche stehen lassen, wieder einmal, fällt ihr ein. ‚Das muss anders werden', denkt sie.
Sie sieht die Linie 16 kommen und weiß, dass sie diese Bahn nicht mehr erreichen wird. Nun werden ihre Schritte wieder auf eine normale Größe und Geschwindigkeit zurückgestellt. Ab und zu dreht sie sich auf ihrem Weg zur nächsten Haltestelle um, nur um zu sehen, welche Bahn in ihre Richtung fährt, auf die sie vielleicht aufspringen könnte. Es wimmelt von Zeitgenossen, die wuseln durcheinander, überholen einander, gehen schrittweise neben ihr her,

verlieren sich in einer anderen Spur. Tauchen wieder auf, haben sich eine Zigarette angezündet oder bleiben mitten auf dem Bürgersteig stehen und beschäftigen sich mit ihren Telefonen. Wortfetzen dringen an Annas Ohr. Sie lacht innerlich, wenn sie das Kölsch hört. Am liebsten würde sie allen erzählen, dass sie lange in Köln gelebt hat.
‚Wie kindisch bin ich doch, wen sollte das interessieren? Und außerdem will ich gar nicht auffallen oder doch? Wenn man sich selbst nicht mehr kennt, ist man sich auch fremd geworden', denkt Anna. ‚Was würde ich wohl tun, wenn mir jemand entgegenkäme, den ich kenne, egal, ob vom Studium, oder Nachbarn oder andere Bekannte?' Sie weiß es nicht.
Über allem steht die Sonne am Himmel, der blau leuchtet und den keine einzige Wolke trübt.
Die Tasche wird Anna lästig, sie wird sie am Bahnhof ins Schließfach legen und nur ihr Portemonnaie mitnehmen. Wie neulich. Wie lange ist das her, neulich. Sie erschrickt: zwei Tage! Dazwischen liegen Welten und Tausende langer, endlos langer Sekunden, wie sie es vorher nie erlebt hat.
Doch auch Freude hat sie erfahren, Freude, die sie nicht mehr für möglich gehalten hätte, Freude über Kleinigkeiten, über die man meistens hinweggeht, weil sie so banal, so alltäglich sind.
‚Ich bin ausgebrochen', sagt Anna vor sich hin, als sie auf die Straße tritt, die sie überqueren muss, um ihre Bahn zu erwischen. Kaum kann sie es erwarten, dass die Ampel auf Grün schaltet, einen Fuß hat sie schon auf der Straße, zieht ihn schnell zurück. Da fährt doch einer noch bei Rot über die Kreuzung! Sie erreicht die Bahn gerade noch, hat keinen Fahrschein, drängelt nach vorn zum Automaten.

Das Spiel kennt sie, die kennen keine Gnade, wenn sie dich erwischen. Selbst Touristen spüren das. Warum auch nicht. Sie kramt in ihrem Portemonnaie nach Kleingeld, fragt die Frau, die neben ihr steht, nach dem Preis für ein Einzelticket zum Dom. Die weiß das nicht, da sie eine Jahreskarte hat.
2,40 sagt ein Mann, der mitgehört hat. Anna dankt und wirft 2,50 ein, drückt und erhält die Karte. Muss sie die nun noch abstempeln oder nicht? Sie beschließt, nicht wieder zum Stempeln den ganzen Waggon zu durchqueren. Einer steht auf um auszusteigen. Schnell setzt sich Anna. Dieser Hektik bin ich nicht mehr gewachsen, denkt sie und betrachtet ältere Männer und Frauen, die gelassen stehen oder sitzen, sich unterhalten oder auch nicht, gleichmütig mit dem Gesicht der Großstadtgeprüften, aber nicht unfreundlich oder abweisend.
Sie steigt aus, begibt sich auf die Treppe, die nach oben führt, läuft einen Gang entlang mit vielen anderen, um sich auf einer Rolltreppe zur Bahnhofshalle fahren zu lassen, eingekeilt oben, unten und neben ihr stehen ihre Mitfahrer. Die beste Gelegenheit für Taschendiebe, das weiß Anna noch. Nicht nur einmal ist ihr das passiert. Aber aufzupassen gelingt nicht. Die Tricks sind so sicher wie die Ankunft in der Halle.
Wieder ihre Füße zum Gehen benutzend, geht sie geradewegs auf die Schließfächer zu. ‚Hoffentlich ist eines leer', denkt Anna. Sie hat Glück.
Sie steht auf nach der ihr schon vertrauten Aktion und geht dem Ausgang zu. Draußen sieht sie zunächst in den Himmel, dann auf den Dom, zu dem sie keine gute Beziehung hat. Anna empfindet ihn äußerlich als wenig ansprechend. Er muss dauernd großflächig gereinigt werden und ist

ständig von Baugerüsten umgeben. Und wer geht schon regelmäßig in das Dom-Innere.
Ästhetik sieht anders aus, findet sie. Das darf man aber nicht laut sagen, dann wird es ungemütlich oder man hält das für einen schlechten Scherz.
Hier ist Leben, du bestimmst kaum noch selbst, wohin du gehst, du wirst getrieben. Wo es einen Platz gibt in der Sonne, sitzen sie, oder einer steht, der andere sitzt, und das im Wechsel. Diese Menschen hier haben auch Probleme, aber sie lassen sie zuhause, wenn sie unterwegs sind. Was soll auch dieses Herumreiten auf immer denselben Fehlern der anderen, was sollen Trauer und Enttäuschung, das Leben ist zu kurz, sich daran zu klammern wie an ein untergehendes Schiff, das zunächst nur Schlagseite hat.
Du weißt, irgendwann ist es vorbei, du atmest nicht mehr, du siehst nichts mehr, du kannst nicht mehr schreien über die Ungerechtigkeiten, die du erlebt oder gesehen hast oder von denen tagtäglich berichtet wird in den Medien. Es wird nicht aufhören, ob du nun stirbst oder lebst. Es ist ein Spiel, ein verrücktes zwar, eines, das ohne Regeln auszukommen scheint. Du wirst es nicht aufhalten, du wirst gar nichts aufhalten, nur dich selbst kannst du aufhalten, indem du zu denken beginnst, und das dann aber auch rechtzeitig, um Weichen zu stellen, damit du im Alter nicht zu den Jammernden gehören musst, an denen alles vorbeigegangen ist, die zu kurz gekommen sind, bei was auch immer.
„Ich muss konsequent sein", spricht Anna fest vor sich hin. „Das war ich bisher nicht. Ich muss mich entscheiden, was mir wichtiger ist, eine scheinbare Sicherheit oder ein freies Leben. Frei im Geiste und frei in der Auswahl derjenigen, mit denen ich meine Zeit teilen möchte. Ich werde nicht auf

Äußerlichkeiten schauen, Tendenzen aus dem Weg gehen, mich zielsicher bewegen auf meiner eigenen Linie, und ich werde lachen können, froh sein und gehalten in einer Umgebung, die ich mir ausgesucht habe, nicht umgekehrt. Ich mache aus den Jahren und Tagen etwas Leichtes, Fröhliches, auch in der Schwermut kann Fröhlichkeit sich entfalten, in feinen Tröpfchen, ich werde zeigen, wie gering sogar die Gefahr ist, beim Denken und Fühlen auf ein Gleis zu gelangen, das in die Irre führen könnte. Mut und die Sicherheit, dass es wertvoll ist, eigene Wege zu gehen, etwas zu testen, was Bedeutung für mich hat."
Auf einmal bleibt Anna abrupt stehen, ein Mädchen fällt ihr in den Rücken, stolpert und beginnt zu weinen. Die Mutter zieht es an die Seite. „Ist doch nichts passiert, warum weinst du denn jetzt? Komm, wir müssen weiter, stell dich nicht so an ..."
Anna steht immer noch an derselben Stelle, das war doch Paul, oder? Die Menge vor ihr ist dichter geworden. Sie will losrennen, aber das geht nicht, sie will mit beiden Händen zerteilen nach rechts und links, was ihr im Wege steht. Sie sieht den Mann nicht mehr, mit ihrer Handtasche erobert sie sich die Lücken im Gedränge, weicht dann nach links aus, vor einem Café ist eine schmale Gasse, die kaum begangen wird. Das nutzt Anna, sie rennt, streift ein Fahrrad, das nicht sicher abgestellt war, kümmert sich nicht drum, reckt sich, um den Mann wiederzufinden, der noch nicht viel weiter gekommen sein kann als sie, in dieselbe Richtung ging er. Ihr Herz schlägt sehr schnell, sie atmet, ihr wird warm, sie hält sich an einem Stuhl fest, auf dem eine Matrone sitzt, die ihren Kaffee in aller Ruhe trinken will, jetzt gerät sie in Bewegung, die entsteht, weil Anna sich festhalten muss. Sie bekommt keine Luft mehr, bricht ne-

ben der Frau zusammen. Als sie wieder zu sich kommt, sieht sie mehrere Gesichter über sich gebeugt, die auf sie einsprechen: „Das arme Ding, ist vielleicht zu warm für sie, oder sie ist schwanger, dann sollte sie bei diesen Temperaturen lieber zu Hause bleiben. Ganz bleich ist sie."

Anna weiß nicht, wohin sie zuerst sehen soll. Dann bemerkt sie, dass sie auf dem Pflaster mehr liegt als sitzt und mehrere Hände nach ihr greifen. Sie gerät in Panik und versucht ganz schnell aufzustehen, wankt dabei und wird hilfsbereit gehalten. Sie fühlt, ob ihr Portemonnaie noch da ist, bedankt sich mit einem halben Lächeln, steht dann doch auf fast sicheren Füßen, reckt sich, schaut nach vorn. Der Mann ist weg, vor ihr weggelaufen. Das war Paul, der hat sie auch gesehen, oder er hat gespürt, dass sie in der Nähe ist.
Anna hält sich die Stirn, sie ist erschöpft. Eine junge Frau spricht sie an: „Kommen Sie, wir gehen in das Café hinter der Antoniter-Kirche, Sie trinken einen Cognac, das wird helfen, und dann sehen wir weiter."
Anna nickt zustimmend und lässt sich von ihr abführen wie ein Kind. Sie kennt das Café, ist früher öfter dort gewesen, manchmal setzt sich abends jemand ans Klavier und spielt, in sich versunken, für alle Anwesenden, egal, ob sie zuhören, essen, sprechen oder telefonieren, woran in dieser Zeit niemand mehr Anstoß nimmt.
Anna betrachtet ihre beherzte Retterin, die, in der Körpergröße zu kurz geraten, mit schwarzen Haaren, mittellang, hellblauen Augen, schnellen Schrittes auf ihren Absätzen versucht, mit Anna mitzuhalten, obwohl diese, noch ziemlich geschwächt, gar nicht schnell vorangeht. Eine Türkin vielleicht, dem Akzent nach, denkt Anna. Egal, sie ist froh,

mit einer Unbekannten jetzt hier zu sitzen und über nichts Rechenschaft ablegen zu müssen.

Als diese junge Frau jedoch einen Cognac bestellt, lacht Anna und greift ein, ein Kaffee wäre ihr lieber. Nun sehen sie sich erstmals richtig an und lachen beide. Anna hat nicht annähernd das Gefühl, dass sie in dieser Situation zu etwas verpflichtet ist.

‚Wie angenehm', denkt sie. ‚Und sie hat Recht.'

‚Die junge Frau ist wirklich noch sehr jung und schon so fürsorglich', geht es ihr durch den Sinn. Sie betrachtet sie wohlwollend und ganz offensichtlich. Die andere ist durch Annas direkte Art keineswegs irritiert.

„Was immer Sie gerade durchleben, führen Sie es zu Ende, sonst ist niemandem geholfen", sagt die Vielleicht-Türkin zu ihr.

Anna lächelt sie an und nickt zustimmend.

Eine fremde Frau spricht zu ihr, wie noch nie jemand das getan hat. Und das Schöne daran ist, sie erwartet weder eine Antwort, noch eine Erklärung.

„Jetzt geht es mir schon wesentlich besser", Anna lächelt ihr Gegenüber an, „und Schuld daran sind Sie!"

„Diese Schuld nehme ich gern auf mich!" Sie lacht.

„Ich bin seit mehr als zehn Jahren in Köln und, glauben Sie mir, ich habe hier mehr erfahren und gelernt als im vergleichbaren Zeitraum in der Türkei."

„Das glaube ich gern, woher kommen Sie, aus der Westtürkei?" Die Fremde sieht sie überrascht an. „Wie kommen Sie darauf?"

Anna weiß keine Antwort, Intuition ist ein schwacher Begriff für etwas, was man in sich verspürt, ohne es begründen zu können. „Ich habe einfach geraten, weil ich weiß, dass es früher viele Griechen in Ihrem Lande gegeben hat." „Damit

liegen Sie genau richtig!" "Aber ich möchte in keine politische Diskussion eintreten, dafür weiß ich dann doch zu wenig."
Die Frau lächelt sie an. Sie sieht auf die Uhr.
„Ich muss gehen, mein Unterricht fängt in einer Viertelstunde an."
Sie steht auf, Anna auch. Anna ist schüchtern, überwindet sich jedoch und umarmt die kleine Frau.
„Wir sehen uns eines Tages wieder", sagt diese sehr geheimnisvoll.
„Wer weiß", Anna hat darauf keine andere Floskel parat. ‚Aber vielleicht', denkt sie, ‚vielleicht geschieht das wirklich.'
Als die Frau gegangen ist, besinnt sich Anna auf das, was diesem Treffen vorausgegangen ist. Hat sie tatsächlich geglaubt, sie habe Paul gesehen? Und wenn ja, warum hat sie so hysterisch darauf reagiert und wollte ihn nicht weggehen lassen?
‚Was ist hier eigentlich los', fragt sie sich, wohl wissend, dass niemand ihr auf diese Frage eine Antwort geben wird oder kann, nicht einmal sie selbst.
Anna fühlt sich nüchtern genug, wieder einzusteigen in den Kampf um einen begrenzten Raum, der ihr zum Weitergehen reicht, der es ihr erlaubt, ein klar ausgewähltes Geschäft nicht nur anzusteuern, sondern auch zu betreten, sich in Ruhe umzusehen nach einem Kleid, einer Jacke oder was ihr gerade begegnen sollte.
Am Neumarkt angekommen, kann sie endlich ihren Schritt verlangsamen und sich einige Schaufenster ansehen. Da fällt ihr auf, dass kaum jemand in den diversen Geschäften herumläuft. ‚Ein Sommertag im Mai', stellt sie fest. ‚Als wäre ich aus der Zeit gefallen', lacht sie, ‚das ist ein gutes Zei-

chen'. Aber was das Einkaufen bestimmter Dinge betrifft, wird sie das auf den Montag verlegen. Ihr ist mit einemmal klar, dass sie noch nicht nach Leer zurückfahren möchte, kaum dass sie die Großstadt und ihre Möglichkeiten, etwas Sinnvolles zu tun, entdeckt hat.

„Ich muss unbedingt das Zimmer noch für einige Tage reservieren", spricht sie mit sich selbst halblaut.

‚Und Paul ist auch nicht abgetaucht, der läuft irgendwo in meiner Nähe herum, ahnt das auch, kann sich nicht helfen, vergisst diese Möglichkeit des Wiedersehens, verdrängt, was ihn beschweren könnte, ganz so, wie ich ihn kenne.'

Anna ärgert sich, nicht über ihn, nein, sie stellt fest, wie abhängig sie von diesem Mann in den Jahren mit ihm geworden ist. Sein Wohlbefinden stand stets an erster Stelle. Warum eigentlich? Niemand hat sie dazu getrieben, es kam aus ihrem eigenen Verständnis ihrer Rolle, das weiß sie. Sie vergibt keine Beurteilung, sie bürdet ihm nicht die Verantwortung auf, was viel zu einfach wäre. Doch jetzt soll ein anderes Leben beginnen, denkt sie. Aber es kommt ihr plötzlich kindisch vor, einen Abschied auf diese Weise vorzunehmen, vom Campingplatz zu fliehen, vor ihm wegzulaufen, der ihr nichts getan hat. Nein, er hat nichts getan, was ihr wehtut, er hat aber Vieles unterlassen. Doch er weiß nichts davon. Wie oft hat sie ihn angesehen, in seinen Augen etwas gesucht, um diesen Mangel begründen zu können. Es war ihr nicht möglich, mit Paul über Paul zu sprechen. Sie hatte manchmal das Gefühl, dass er als Persönlichkeit gar nicht anwesend war, da saß nur seine Hülle, aber er, wo war er? Es ist nicht so, dass er ein gefühlloser Mann ist, aber die eine oder andere Situation, in der sie sich befunden hatten, ließ sie rätseln, ob er das überhaupt wahrnahm, was sie als Mann und Frau verbinden könnte.

Er war in der Lage, mehrmals am Tag an ihr vorbeizugehen wie ein Lufthauch, ein Luftzug, der schnell verflogen war, schneller noch als sie erfassen konnte, dass er dagewesen war, so nahe bei ihr.

Anna seufzt, ohne das zur Kenntnis zu nehmen. Über diesem Nachmittag liegt eine Hitze, die den Menschen, die den Sommer herbeisehnen, einen Vorgeschmack davon gibt, wie drängend, bedrängend, anstrengend und unangenehm in dieser Stadt am großen Fluss das Klima sein konnte. Die Hitze kommt ohne jede Ankündigung von einem Tag auf den anderen. Als hätte jemand beschlossen, die Stadt Köln in ihren Aktivitäten erlahmen zu lassen, einen Stillstand herbeizuführen, Münder austrocknen zu lassen, auf dass niemand mehr mit einem andern würde sprechen können. Das Wasser würde knapp werden, das Eis bereits in dem Moment schmelzen, in dem es aus der Kühltruhe herübergereicht wurde. Kinder begännen schläfrig zu werden, weinerlich hingen sie an den Rockzipfeln ihrer Mütter oder ruhten schlaff in ihren bunten Kinderwagen. Frauen wie Anna, sportlich und fit, würden sich gestresst auf irgendeiner Bank niederlassen und wie in Trance die Menschentrauben vorbeiziehen sehen, ohne wirklich zu sehen. Männer sähen nicht mehr den hübschen oder attraktiven jungen Mädchen hinterher, Männer suchten Schatten unter Bäumen oder verließen die Straßen, um sich in die nächste Kneipe zu begeben, wo das Kölsch wartete, und sie klammerten sich heimlich an den Theken fest mit schon feuchten Händen oder mit verschwitzten Hemden säßen sie schlapp im Innern alter Häuser und beklagten sich über das Wüstenklima in der Kölner Bucht.

Es ist immer noch fast unerträglich feuchtwarm, als Anna Hunger verspürt und auch das Bedürfnis hat, sich einen angenehmen Platz zu suchen, von dem aus sie das Treiben auf dem Neumarkt verfolgen kann.

Sie bleibt in der Nähe eines Cafés stehen, um abzuwarten, bis sich ein schattiger Platz unter einem hellen Sonnenschirm für sie findet. Als zwei Männer den Kellner zum Zahlen rufen, schleicht Anna ein paar Schritte weiter auf den Tisch zu und fragt höflich, ob sie einen der Plätze haben könne.

„Ja, wir halten einen für Sie fest, kein Problem", beteuert der eine und lächelt sie freundlich an.

Dann sitzt Anna, bequem mit dem Rücken in die Kissen gedrückt, froh über diesen Ablauf, und bestellt ein kleines Gericht aus Reis mit Gemüse und ein Glas Weißwein sowie Wasser.

Sie hat ihre Gedanken nicht mehr unter Kontrolle, die immer wieder zu Paul wandern – und warum nennt sie ihn nicht mehr Pawlow? Anna führt einen Monolog, was ihr sonst fremd ist, aber Paul ist ja nicht da. ‚Was macht er gerade, ist er auf dem Campingplatz geblieben, geht er wieder mit dieser Frau joggen, wann ist er heute aufgestanden, ohne mich? Wir waren immer gegen acht Uhr auf. Wie lange wird er dort bleiben, und was macht er nun mit dem Boot? Allein wird er nicht auf den Rhein gehen, er kann sehr gut einschätzen, wo seine Grenzen sind, das ist ein Teil seiner Natur. Ich musste das mühsam lernen und habe mich oft selbst überschätzt.'

Anna sieht sich mit ihm am Frühstückstisch. Wie sie das doch genossen haben, mit dem Blick auf den Rhein, in der Sonne, bei einem Wetter wie heute. Paul liebt mich doch, dieser Satz ohne Fragezeichen drückt eine kleine Träne aus den Augenwinkeln, die sie auf ihre Wange laufen lässt, bis sie im Mundwinkel angekommen ist, dann nimmt Anna sie mit der Zunge weg.

Ihr ist bewusst und sie ist sicher, dass sie Paul liebt, diesen Mann liebt auf eine Weise, die nicht nur die der Frau für einen Mann ist, sondern auch für ein Kind, für das man Verantwortung übernommen hat.

‚Vielleicht', denkt Anna, 'muss ich einfach ein paar Tage für mich haben, um Klarheit zu gewinnen und auch meinen Anteil an den Fluchtmotiven erkennen und zugeben, damit das Gewicht, das in der Waagschale liegt, zu einem gerechten Ausgleich führen kann und sich die beiden Schalen nach dem Auspendeln auf gleicher Höhe befinden.' Anna seufzt tief. Sie hält die Hand vor den Mund, als wolle sie ihn versiegeln. ‚Ich muss aber durchhalten und mich nicht davon abbringen lassen. Meine Gedanken dürfen in meine Eingeweide kriechen, überall hin, um meine Grundstimmung zu erforschen und nach dem, was mir an Paul missfällt, zu fragen. Die Antworten sollen nichts weiter als ehrlich sein. Gute Vorsätze.' Sie stellt sich selbst ein Zeugnis aus. Der Wein schmeckt ihr. ‚War ich eigentlich schon einmal richtig verliebt', fragt sie sich. Was das ist oder was das sein soll, hat sie aus Büchern. Sie kennt nur die Gefühle, die sie Andreas, ihrem Bruder, gegenüber entwickelte über die Jahre. Und das müssen schwesterliche Gefühle gewesen sein nach all dem, was Liebe zu einem Mann zu sein hat, will man den Fachleuten glauben. Anna ahnt, dass sie bisher etwas derart Extremes wie die Liebe zu einem Mann nicht verspürt hat. Nicht vor Paul und auch nicht mit Paul. Was fehlt denn da bloß, wenn sie doch nun Mangel beklagt in ihrem Leben mit Paul! Kann ein Mensch sich einreden, dass ihm etwas fehle? Warum aber täte er das, wenn es nicht stimmte. Geht es vielleicht um eine Art Rechtfertigung eigenen Fehlverhaltens als Ablenkungsmanöver?

‚Mit Paul gibt es kaum Körperkontakt', bedauert Anna und gesteht sich ein, dass das für sie ein wirklicher Mangel ist. Was sie spürt, ist, dass er nicht anders kann, er verhindert nicht bewusst die körperliche Begegnung. ‚Das trifft nur auf die Sexualität zu, ja, was heißt in diesem Zusammenhang ‚nur', fragt sich Anna. ‚Meine Erfahrungen mit Männern vor Paul habe ich wohl gut versenkt', sagt sie sich, ‚denn meine Erinnerungen daran sind ganz wenige und würden als Beweis für irgendetwas nicht zulässig sein'.

Anna steht abrupt auf, geht ins Café, sucht den Kellner, der sie bedient hat, verlangt ziemlich schroff die Rechnung, zahlt, wendet sich um, verlässt schnurstracks das Lokal. Kellner sind einiges gewohnt, aber es gibt doch immer wieder etwas Neues, nicht nachvollziehbar, aber interessant.

„Dabei war sie doch sehr nett", lässt er seine Kollegin wissen. Die zuckt nur mit den Schultern. Zielstrebig geht Anna einige Meter zurück in eine Bäckerei, kauft das portugiesische Landbrot, das ihr immer so gut geschmeckt hat, nimmt die Rolltreppe zur U-Bahn, fährt zum Chlodwigplatz, steigt aus, es ist inzwischen 17 Uhr, betritt den Supermarkt auf der Bonner Straße, belädt den Einkaufswagen mit einer Flasche Merlot, einem abgepackten Blauschimmelkäse, drei Äpfeln und Cashewnüssen in der Blechdose. Wer es nicht weiß, dass sie Urlaub macht in Köln, könnte auf die Idee kommen, dass diese Frau es nach der Arbeit gerade noch geschafft hat, etwas einzukaufen, weil ihr eingefallen ist, dass der Kühlschrank fast leer ist. So hetzt Anna dem Hotel entgegen, lässt sich den Zimmerschlüssel aushändigen ohne ein freundliches Wort, fast atemlos kommt sie in ihrem Zimmer an.

Sie legt ihre Waren auf den kleinen Tisch, setzt sich in einen Sessel, zieht sich mit den Füßen ihre Schuhe aus, wirft sie dann in eine Ecke, verschränkt die Hände hinter dem Kopf, atmet dreimal tief ein und aus, sitzt danach ganz still, fast bewegungslos, starrt auf den Bildschirm des Fernsehgerätes, der stumm ist und nur ihr Spiegelbild wiedergibt, in dem sie sich verfängt.

‚So sehe ich also aus jetzt', denkt sie. ‚Was soll das alles? Ich drehe mich im Kreis'.

Als sie im Bett liegt, fällt ihr ein, dass sie ihre Tasche nicht aus dem Schließfach geholt hat. ‚So eine Lappalie', hört sie sich selbst, fast schon im Halbschlaf, sagen.

Paul in der Nacht von Annas Flucht - Köln

Nachdem Anna mit dem Taxi abgefahren ist und die Rücklichter des Wagens nicht mehr zu sehen sind, steht Paul noch einige Minuten angelehnt an die Tür seines Wohnmobils und sieht in die ungewöhnlich graue Nacht auf dem geräuschlos daliegenden Campingplatz. Nebelschwaden ziehen über den Rhein, der Wind weht nur mäßig. In wenigen Stunden schon wird der Tag anbrechen, so sagt man, obwohl der Tag schon fast zwei Stunden alt ist. Paul wird allein sein, unfreiwillig allein, das erste Mal seit seinem Zusammenleben mit Anna.

‚Wie ist das geschehen', fragt sich der Mann.

Er mag noch nicht schlafen, weiß gar nicht, wie das gehen soll in dieser Situation. Es ist das erste Mal in seinem schon fünfzig Jahre zählenden Leben, dass er zurückbleiben muss und dass dies eine Bestrafung ist für etwas, was er nicht gewollt hat und von dem er auch nicht ahnt, wie es entstanden ist. Anna und er waren beide in einer Verfassung, die neu war, nicht nur für ihn, soviel ist ihm bewusst.

Er will jetzt nicht hinein in den Raum, der ihm fremd sein wird, der Zeuge gewesen ist, wie zwei Menschen, die sich lieben, nicht die Worte finden konnten, die angemessen gewesen wären, um einander Klarheit zu geben über ihre Absichten und Ansichten. Dabei gab es für Paul keine neuen Absichten. Nur, dass er das Boot erworben hatte, um mit Anna gemeinsam den Rhein oder ein anderes Gewässer zu befahren. Er war überzeugt davon, dass es ihr gefallen würde. ‚Ich habe Anna bedroht'. Dieser Satz fällt ihm schwer vor die Füße und trifft ihn durch seine Bedeutung

mit solcher Wucht, dass er zusammenzuckt. ‚Das wollte ich nicht'. Paul fährt mit der rechten Hand durch sein schütteres Haar.
‚Und Anna muss das auch wissen. Das haben wir nie zuvor getan, sie nicht und ich auch nicht. Sie wird bald zurückkommen, sie kann nicht fortbleiben, das werden wir beide nicht aushalten. Anna ist doch mein Ein und Alles!'

Er geht und holt sich einen Stuhl, setzt sich vor die Tür wie ein Wächter. Er sitzt und sieht in die Richtung, aus der sie kommen müsste. So wird er sie nicht verfehlen. Paul ist müde. Er lehnt seinen Kopf gegen die Wand des Wohnmobils. Es dauert nur ein paar Minuten, dann ist er eingeschlafen.
Einmal wacht er auf, sieht auf die Uhr, stellt fest, dass der Sonnenaufgang nicht fern sein kann. Einige Geräusche nimmt er wahr, hier und da ist Bewegung, aber nichts ist wirklich im Aufbruch, nur eine kleine Unruhe inmitten der Schlafenden, das ist alles. Jetzt weiß Paul, dass Anna in den nächsten Stunden nicht bei ihm sein wird. Er will nur in sein Bett, nicht mehr denken, nichts mehr fühlen.
Als er sich auf das Doppelbett legt, ist er ruhig und findet nach kurzer Zeit wieder in den Schlaf, den er unterbrochen hatte. Er wird nur langsam wach, als sein Handy klingelt. Er will jetzt nicht telefonieren, aber er sieht nach der Nummer. Annas Nummer ist es nicht. Mehr muss er nicht wissen.
‚Anna ist nicht gekommen', stellt er fest. ‚Sie ist fortgeblieben.'
Er ruft sich alles in Erinnerung. Ihm fällt der Satz ein, dass sie sich von ihm trennen möchte. Hat sie ‚möchte' gesagt, oder hat sie ‚will' gesagt, oder hat sie das nur so als kleine

Revanche gemeint, weil er mit der anderen Frau zum Joggen gegangen ist? Das hatte doch gar keine Bedeutung, das war doch nur so ein Versuch, mal länger wegzubleiben. Anna war immerzu beschäftigt, sie las ein Buch, sie kochte, sie putzte, sie hörte Musik, sie sah sich einen Film an, sie joggte auch, wie er nun wusste, seit er sie bei dem andern Mann gesehen hatte, mit dem sie am Tisch saß und lachte. Er hätte hingehen sollen und sie einfach mitnehmen, aber das hatte er sich nicht getraut.
‚Sie ist doch sehr selbständig, genau wie ich', sagt Paul zu sich.
‚Und ich bin nicht der Mensch, der sich einmischt in ihre Angelegenheiten. Bis heute. Denn jetzt geht es auch mich etwas an.'
Paul liegt wieder quer und still auf dem Doppelbett, als müsse er Annas Platz wenigstens stellenweise vorwärmen. Er schläft nicht wieder ein. Aber er denkt weiter, was er für undenkbar hält.
Er hat keinen Anhaltspunkt für ihre Trennungsabsicht. Sein Leben mit Anna ist so fehlerfrei, so angenehm. Sie streiten sich kaum. Jeder hat seine Interessen und seinen Beruf. Was Anna in ihrem Halbtagsjob tut, das, so gibt Paul zu seinem eigenen Erstaunen zu, ist ihm gar nicht bekannt. Was er weiß, ist, dass ihr Arbeitgeber ein Verlag ist und sie im Archiv arbeitet. Das ist alles.
‚Ich habe sie nie danach gefragt. Sie aber ist sehr interessiert an meinem Berufsleben und das, was ich verkaufe, ist ihr sehr wohl bekannt. Sie trägt sogar ab und zu eine Sonnenbrille aus einer der neuesten Kollektionen. Geschenkt habe ich ihr auch schon eine, und sie hat gesagt, sie freue sich darüber.' Er ist sicher, dass Anna es bei ihm gut hat, ebenso wie er bei ihr. Etwas anderes ist ihm nie in den

Sinn gekommen. Was vermisst sie also? Auf einmal wird ihm ganz heiß zumute, so, als würde er einen kleinen Raum betreten, der total überheizt ist und durch den er durch müsse, um aus einem dahinterliegenden Zimmer etwas zu holen. Er ist nicht sicher, ob er das jetzt schaffen wird.
Paul setzt sich auf, fühlt sein Gesicht brennen wie nach einem unbeabsichtigten Sonnenbad. Er öffnet ein Fenster, geht mit dem Gesicht ganz nah daran, nimmt den kühlen Luftzug wahr und verharrt eine Zeitlang in ihm.
Mit den Händen fühlt er, ob sein Gesicht an Wärme verliert. Einige Minuten später lässt er sich wieder auf das Bett fallen, atmet tief ein und aus. Das Fenster bleibt geöffnet.

Die ersten Laute dringen ein, die Menschen werden wach, Hunde werden ausgeführt, bellen vereinzelt, Männer und Kinder gehen Brötchen holen, ein paar Worte werden hin- und her geworfen. Ein Pkw fährt langsam vorbei. Auf der anderen Rheinseite sind noch Streifen der verblassenden Morgenröte zu sehen.
Pauls Welt ist an diesem Morgen sehr verändert, fremd und kalt. Als er das Bett verlässt, ist es 8.30 Uhr. Viel Schlaf hat er nicht gehabt. Gewohnheitsmäßig will er auch an diesem Morgen in das Waschhaus gehen, tut es aber nicht, da er Fragen seiner Nachbarn aus dem Weg gehen möchte. Der eine oder andere ist mit Sicherheit unter der Dusche an diesem Morgen.
Er kleidet sich an, nimmt jedoch nicht seinen Jogginganzug, sondern Jeans und Hemd sowie einen leichten Pullover aus dem Schrank. Sein Telefon klingelt wieder, dieses Mal sieht er genau hin. Es ist ein Kollege aus Leer. Paul kann jetzt nicht mit jemandem sprechen, er wüsste

nicht, was zu sagen wäre. Also lässt er das Handy klingeln, bis es von selbst aufhört. Den Anrufbeantworter hat er sowieso nicht eingerichtet, weil es ihn stört und bei der Arbeit unangenehm ablenkt.
Es klingelt noch einmal, aber die Töne kommen aus einer anderen Ecke des Raums. Auf der Sitzbank liegt Annas Handy. Paul hat das schon längst vergessen, aber jetzt ist es ihm sehr peinlich, dass er es Anna nicht zurückgegeben hat. Auch dieses Telefon lässt er läuten. Er weiß, wie ihre freundliche Ansage sich anhört.

Oft hat er seine Frau beneidet um ihre scheinbar problemlose Art, mit Menschen umzugehen. Wo lernt man das? Er ist ein Mann, der den Beruf eines Verkäufers ausübt. Paul hat immer noch das Gefühl des Lernenden und wundert sich manchmal über seine Erfolge, denn er weiß genau, wie er sich anstrengen muss, so mit Kunden umzugehen, wie es seine Kollegen mit Leichtigkeit fertigbringen. Verkaufstrainingsseminare hat er an sich vorbeiziehen lassen, obwohl die Firma seine Teilnahme gern gesehen hätte und der eine oder andere Kollege ihn dazu auch hatte überreden wollen. Paul blieb fern. Das bedeutet nicht, dass er kein Defizit verspürte. Im Gegenteil. Aber es gelang ihm nicht, diese Hemmschwelle zu überspringen.

‚Vielleicht liegt das daran, dass ich Menschen nicht überzeugen möchte von etwas, jeder hat doch seine individuelle Freiheit. Nie würde ich diese Grenze überschreiten.' Einer seiner Kollegen tut das immer wieder, so dass es Paul schon peinlich ist, wenn der Mann sich dermaßen den Kunden aufdrängt. Paul möchte auch immer einen guten Umsatz machen, aber nicht um jeden Preis. Es reicht, wenn er sich passabel kleidet und seine Produkte vorstellt, findet er.

‚Im privaten Bereich mit Anna sollte ich mehr Interesse aufbringen. Kann sein, dass es ihr gefallen würde', vermutet Paul. ‚Sonst denkt sie noch, es sei Desinteresse oder Trägheit, was aber nicht stimmt.'

Paul steht versonnen hinter der Gardine, überlegt, ob er direkt in die Stadt fahren soll und dort frühstücken oder doch auf dem Campingplatz. Nachbarn könnten ihn fragen, wie es Anna geht. Er weiß nicht abzuschätzen, was am Vorabend hat nach außen dringen können und ob jemand noch das späte Taxi gehört oder gesehen hat, in dem Anna dann in der Dunkelheit verschwand.

Er geht plötzlich entschlossen zu einem der Wandschränke, sucht seine Papiere zusammen, Geld und Kreditkarten, auch sein Handy nimmt er, seine braune Umhängetasche, verstaut die Dinge, nimmt eine blaue Stoffjacke und zwei Sonnenbrillen mit, eine setzt er gleich auf, ein neues Modell, etwas gewagt für ihn, findet Paul. Er schließt das Wohnmobil ab, betrachtet ein paar Sekunden lang das neue Boot, mit dem er so viele Pläne realisieren wollte, schüttelt den Kopf, steigt aufs Fahrrad und radelt schnell davon, die Uferstraße entlang, es sind nur ein paar Kilometer direkt am Fluss, die Rodenkirchener Brücke in Greifweite, vor ihr liegt das Boot die „Alte Liebe", ein Café-Restaurant, das er mit Anna einige Male besucht hat. Man sitzt hier so schön auf dem Rhein, spürt alle Wellenbewegungen, die auch schon mal ziemlich heftig sein können. ‚Um diese Zeit heute, bei diesem Wetter, wäre das ein schönes Ausflugsziel gewesen, die erste Etappe einer längeren Fahrradtour', denkt Paul. Er radelt weiter am Rhein entlang. Wenn er dann auf der Rheinuferstraße weiterfahren muss, wird es ungemütlich, der Sonnabendvormittag treibt die Menschen aus den Häusern, zum Einkaufen, zum Spaziergang nach einer Autofahrt. Die ersten Motorradfahrer sind unterwegs, dazu spucken die Straßenbahnen alle Kilometer einen Teil ihrer Fahrgäste aus, die sich zum Rhein hinbegeben.

In der Südstadt wird es immer dichter mit dem Verkehr. Es reicht erst einmal. Mit seinem anfänglichen Enthusiasmus beim Aufbruch vom Campingplatz ist es vorbei. Ungefähr zehn Kilometer hat er zurückgelegt.
Paul steigt am Ubierring vom Rad und schiebt es durch das Gedränge auf dem Chlodwigplatz, wo ihm in Massen Menschen aus Bus und Bahn entgegenquellen, genau das, was nicht gerade seine Vorliebe ist.
Doch Paul kennt sich aus. Er steuert stur in den Gegenverkehr, nicht um zu provozieren, sondern um überhaupt eine Chance zu haben. Die Kölner sind recht langmütig, so auch hier. Die eine oder andere Bemerkung am Rande stört ihn nicht. Und er kommt dort ohne Blessuren an, wo es ihn hingezogen hat.
Das ist das kleine Café am Sachsenring, das oft überquillt und trotzdem seine Anziehungskraft oder gerade deshalb nicht verloren hat im Laufe der Jahre.
Paul findet nur engen Raum für sein Rad, das er in seiner Nähe halten möchte, wie er es gewöhnlich tut. Es geht ihm nicht gut, wenn er auf irgendeine Art und Weise den Überblick verliert, und möge es sich auch um ganz banale Anlässe handeln. Anna hat einmal verlauten lassen, dass hin-

ter diesem Verhalten Angst stecke, nicht unbedingt die Angst, etwas dinglich zu verlieren, was einen gewissen materiellen Wert hat, nein, es sei eine allgemeine Verlustangst und zugleich die Ablehnung des Chaos', das auf ihn einstürmen könne. Ordnung hält Paul jedenfalls viel besser als Anna, das sagt er selbst über sich, ohne die Ordnung als solche zu bewerten. Das würde er nie tun.

Paul fragt drei Männer, ob der vierte Platz an ihrem Tisch noch frei sei. Sie laden ihn ein, sich dazuzusetzen. Als er bemerkt, dass er seine Sonnenbrille auch hier im Schatten immer noch auf der Nase hat, nimmt er sie ab.
Die Männer trinken Bier.
Einer der Männer fragt: "Was ist denn das für ein Modell? Das sieht ja ungewöhnlich markant aus."
Paul gibt sachlich zur Antwort: "Das ist eine Oakley, eine amerikanische Marke, sehr robust und in vielen Farbkombinationen zu haben. Sie hat nicht nur einen guten UV-Filter, sondern ist außerdem noch verspiegelt."
Einer der Männer streckt seine Hand aus: "Darf ich mal? Darf ich sie auch aufsetzen?"
Paul gibt ihm die Brille und nickt.
„Wo kann man die denn erwerben? Und wie viel muss ich dafür hinblättern?"
Paul lakonisch: „Zum Beispiel bei mir, Kostenpunkt etwa 260 Euro."
Die anderen beiden sind auch begeistert. „Die steht Dir wirklich gut, Klaus. Kauf' Dir die bloß, dann werden wir alle neidisch sein."
Klaus sieht Paul an: "Welche Farbkombination würde mir denn wohl noch besser stehen?" Paul rückt die Brille auf Abstand und vorsichtig ein wenig zurecht. „Sie müsste erst

noch angepasst werden, aber ich finde, diese passt zu Ihrem Typ." „Sie sind aus Köln, oder eher nicht, wenn ich Ihren Dialekt dabei berücksichtige?"
„Nein, ich bin kein Kölner, wenn Sie das meinen, ich mache hier Urlaub. Ich wohne in Leer an der Leda."
„Haben Sie schon viel von Köln gesehen?"
„Ich war schon öfters hier und kenne Köln ganz gut."
„Haben Sie auch ein Sortiment Brillen dabei?"
„Nein, ein Sortiment nicht, oder zumindest kein großes. Ich probiere und teste damit im Urlaub selbst die neuesten Modelle."
„Und was ist mit diesem, das ich gerade testen darf?"
„Das Modell trage ich jetzt den zweiten Tag. Es ist auch bei diesem fast sommerlichen Wetter genau richtig, wenn man auf seine Augen achten möchte und einem das Design gefällt."
„Klingt gut, verkaufen Sie mir diese jetzt hier am Tisch?"
„Mensch, Klaus, das kannst du doch nicht machen. Du willst nur handeln, gib es zu!"
Paul sieht von einem zum andern. „Ich habe Durst." Einer winkt der Kellnerin. Paul bestellt ein Weizen. Alle trinken in Ruhe ihr Bier.
„Nein, jetzt mal im Ernst, verkaufen Sie mir die Brille?"
Paul ernsthaft: „Ja, falls sie Ihnen dann doch nicht so gefallen sollte, können Sie sie auch an Ihre Frau oder Freundin verschenken."
„Das wäre ja noch schöner, bei diesem Preis."
Paul reagiert verärgert: „Ich würde für meine Frau alles tun." Die anderen merken auf, verlieren etwas von ihrer Leichtigkeit. Nur Klaus lässt nicht locker, er hat sich in die Sonnenbrille verliebt. Er legt den Arm um Paul: "Ich gebe sie nicht wieder her." Paul streift den Arm ab. „Das war

nicht nötig. Ich verkaufe sie Ihnen, habe aber keine Papiere, Rechnung oder Garantieschein dabei. Aber Sie können sich gern im Internet informieren und unter der Homepage von Oakley nachsehen. Den Garantieschein schicke ich Ihnen später."
Klaus freut sich, will aber mehr: "Gibt es denn einen Nachlass für die gebrauchte Brille?"
Paul bleibt so geschäftsmäßig, wie er eben kann: "Leider nicht, Sie müssen sie als neue Brille erwerben. Und somit kostet sie 259 Euro. Die Rechnung erhalten Sie mit der Post. Zahlen dürfen Sie jetzt. Dann benötige ich noch Ihre Anschrift."
Obwohl Klaus etwas konsterniert ist, geht er darauf ein.
„Am Chlodwigplatz ist die Deutsche Bank. Ich flitze mal eben rüber."
Er steht auf: "Bis gleich." Die beiden Freunde sind sich einig: "Das ist typisch Klaus. Was er sieht und was ihm gefällt, das muss er sofort besitzen. Im Übrigen, machen Sie sich keine Gedanken, er kann das schon bezahlen."

Doch Paul ist schon in Gedanken versunken. Die Männer sehen sich an. Dieser Mann ist ganz anders als alle, die sie kennen, aber sehr nett, das muss man sagen. So ähnlich sagt es ihr Blick.
Klaus kommt, fröhlich mit den Geldscheinen winkend, wieder von der Bank zurück. Er setzt sich neben Paul: "Jetzt bin ich gleich stolzer Eigentümer einer besonderen Brille. Erste Handlung: Hier ist das Geld." Er hält es Paul hin, der nimmt es ohne nachzuzählen, will nach einem Euro kramen. Da hält Klaus ihn am Ärmel fest: "Ich würde doch vorher zählen, Du kennst mich ja gar nicht." Paul blickt verwundert auf, zählt dann tatsächlich. „Das mache ich

sonst nie." Klaus wartet: „Halt, ich habe hier noch einen Fünfziger, der dazugehört!"
Die beiden anderen Freunde blicken betreten, denn Paul weiß nicht, was er machen soll.
Er nimmt dann ohne weiteren Kommentar den 50-Euro-Schein, legt die Brille ins Etui und übergibt sie Klaus, wortlos, steht dann auf, geht ins Café, zahlt, nimmt sein Fahrrad und läuft damit langsam den Sachsenring hoch.

Die Zurückgebliebenen wissen nicht, wie sie sich verhalten sollen. Weder wird Klaus zurechtgewiesen, noch lachen sie über das Geschehene.

Paul denkt jetzt an Anna und hofft dasselbe von ihr. Er überquert den Ring, läuft bis zum Barbarossaplatz, setzt sich aufs Rad und fährt Richtung Dom. Dort checkt er ein im Hotel Ibis, übersieht den fragenden Blick wegen des fehlenden Gepäcks.
Fünf Minuten später begibt er sich unter das Wochenendvolk auf der Hohen Straße. Er atmet erleichtert auf.

Anna, noch immer in Köln

Nachdem es Anna gelungen war, das Doppelzimmer doch noch bis Freitag zu reservieren, war sie erleichtert. Das hatte verschiedene Gründe. Der eine war, dass sie in den vergangenen Tagen hatte feststellen können, wie diese Stadt sie langsam wieder spüren ließ, was es hieß, zuhause zu sein, obwohl sie in einem Hotel lebte. Zum anderen gelang es Anna, abzuschalten und nicht immerfort daran zu denken, in welch kläglicher Lage sie sich befand.

Zwischen der Entscheidung, endgültig die Verbindung zu Paul zu lösen und der Überlegung, wie ihr Leben weitergehen könne ohne ihn, oder mit ihm, dann aber anders als bisher, lag nicht nur die Entwicklung in der Zeit ab ihrem Aufbruch von Leer.

Nein, Anna war sicher, dass sie erheblich weiter zurückzugehen hatte, vielleicht sogar bis in ihre Jugendzeit, um an den Ursprung der Veränderung zu gelangen, der sie ausgeliefert war und die sie zeitweise gelähmt hatte und nun erst recht lähmte, da sie sich nicht mehr wehrte, sondern sich stellen wollte. Davon war ihr in den Wochen vor dem Aufbruch in die Ferien kaum etwas bekannt gewesen.

Ihr Entschluss, mindestens noch bis Freitag in Köln zu bleiben, barg nicht zuletzt auch noch die Aussicht auf ein paar schöne Urlaubstage, bevor der Alltag auf sie zukommen würde, ungewiss, in welcher Form, jedoch warteten Pflichten auf sie, die ihre Arbeit betrafen und denen sie bei aller Verwirrtheit nicht würde ausweichen können. Anna verfügte, was ihren Beruf betraf, immer noch über einen klaren Verstand. Die Verwirrung blieb hier außen vor. Merkwürdig genug!

Dieser Dienstag zeigte sich wettermäßig als gut geeignet, einen Spaziergang durch den Volksgarten zu machen, unter einem der riesigen Kastanienbäume ein helles Weizen zu trinken, eine Zeitung zu lesen, anderen Besuchern zuzusehen, wie sie sich unterhielten, miteinander umgingen. Genau das machte Anna jetzt.

Es waren mehr als zehn Jahre vergangen, seit sie das letzte Mal hierher gekommen war. Sie war zwar mehrmals in Köln gewesen, eben auch mit Paul, aber der Volksgarten bedeutete ihr etwas, was sie nie mit anderen als ihrem Bruder Andreas hatte teilen wollen und geteilt hatte. Nach seinem Tode war dieses Fleckchen Erde für sie wie kein anderes geeignet, an ihn zu denken, besser gesagt, seiner zu gedenken.

Es hatte sich seitdem im Gelände nicht viel verändert, nur dass der Kinderspielplatz erweitert worden war und die Hunde jetzt einen abgezäunten Bereich hatten, in dem sie sich austoben durften und somit die jungen Eltern eine Pflicht weniger, auf ihre Kleinen aufzupassen und auf das, was diese so alles in die Hand nahmen und vielleicht bestaunten.

Die Gastronomie war noch immer dieselbe, rustikal die Ausstattung, freundlich die Bedienung durch Studenten, neue modische Getränke wurden zwar ausgeschenkt, doch die Speisekarte blieb weiter unterentwickelt und uninteressant. Daran würde sich nie etwas ändern, so vermutete Anna aus langjähriger Erfahrung.

Das war jedoch alles kaum von Bedeutung für die Menschen, die sich entschlossen, hier ein paar schöne Stunden zu genießen. Hier saßen noch nie die Gestylten, die Schönlinge, die Superfrauen, hier saßen Studenten, Anwohner, junge Familien am Wochenende, mitten in der Stadt im Grünen, am Gewässer mit Fontäne.

Bei entsprechendem Wind konnte sich derjenige, der sich das unbedingt antun wollte, auf das Vorbeirauschen der Fahrzeuge auf Vorgebirgs- und Volksgartenstraße einlassen, um sich den Spaß zu verderben.

Aber in dem Moment, in dem man sich auf einer der Bänke niedergelassen hatte, vielleicht um zu lesen, eher noch um sich zu unterhalten, zu lachen, zu essen und zu trinken, die Kinder in die bereitliegenden verblassend roten Tretboote zu setzen oder selbst mitzufahren, immer um die Fontäne herum oder ans bewachsene Ufer, wo einen in Nischen die Sträucher und Bäume verdeckten und man nicht mehr gesehen werden konnte, in diesen Momenten oder in längeren Augenblicken waren die Geräusche einfach nicht mehr vorhanden.

Es hing wie immer im Leben von der Bereitschaft ab, sich auf etwas Schönes einzulassen, nicht das berühmte Haar in der Suppe zu suchen, sondern sich zu erfreuen an einem ganz einfachen Vergnügen.

Wieviele Male hatte Anna hier mit Kommilitonen ihre Nachmittage verbracht, wie oft hatte sie aber auch allein auf einer Bank im nahe gelegenen Rosengarten gesessen oder den Kindern zugesehen, wie sie mit den Enten spielten, den alten Frauen mit den kleinen Plastiktüten nachgeschaut, die gegen die Vorschrift oder vielleicht gerade wegen des Verbots täglich zum Füttern der Tiere zur Freude der Kinder in den Park kamen.

So manches Mal war sie mit ihrem Bruder Andreas, der ja wie sie in Köln studierte, im Sommer Teil der Menschenmassen mit Herkunft aus vielen Nationen, unterschiedlicher Hautfarbe, Sprache und Gesellschaftsschichten gewesen, die ihre Wochenenden im Volksgarten auf den Wiesen verbrachten. Hier lagerten sie, sonnten sich oder warfen den Grill an, spielten auf ihren Musikinstrumenten, und für viele endeten diese Stunden auf einer Bank im Biergarten.

Aber, und das war für Anna überraschend, hier im Biergarten sah sie, als sie darüber nachdachte, immer nur Deutsche, als hätte der große Rest der Kölner Gesellschaft Hausverbot. Das war erstaunlich, nein, unbegreiflich.

In der Universität, auf den Straßen der Stadt und in den Einkaufszentren hatte Anna nie diese Trennung festgestellt, und sie begann, auch im Rahmen einer Studienarbeit, dieses Phänomen zu enttarnen. Ein solches Wort klang gruselig, als Anna es zunächst für den Arbeitstitel ausgewählt hatte. Je länger sie jedoch über das grübelte, was sie mit diesem Thema inhaltlich darstellen wollte, desto passender kam der Begriff ihr vor. Das war neu und tat weh.

Ihre Recherchen zum Thema verhießen nichts Gutes. Und so bestätigten die Ergebnisse das, was Anna schweren Herzens als Realität akzeptieren musste. Die Gettoisierung der Bürger ausländischer Herkunft zeigte sich in den entsprechenden Stadtteilen, wo wiederum die Deutschen in der Minderheit waren. Das Bild im Zentrum, etwa in den großen Einkaufsstraßen, war nicht ganz so dramatisch geprägt durch die Abwesenheit der Migranten, aber doch augenfällig. In deutsche Speiselokale oder in Kölsch-Kneipen verirrten sich kaum Araber und Türken, umgekehrt machten Deutsche mehr Gebrauch vom Angebot dieser Mitbürger aus den oben genannten Migrantengruppen, hier waren die Neugier und manchmal auch die Wertschätzung größer als die Vorbehalte oder Vorurteile.

Der Volksgarten liegt fast am westlichen Rand der Kölner Südstadt. Schnell ist man zu Fuß aus den Wohngebieten und Geschäftsstraßen der Südstadt hier angekommen. Selbst der Weg vom Rhein ist nicht weit. Und dieses Gelände gehörte einst zum Kölner Festungsring. Das alte Fort IV, in dessen Mitte ein Rosengarten angelegt wurde, nachdem es Ende des 19. Jahrhunderts an die Stadt Köln verkauft wurde, lädt ein zum Verweilen, Augenschließen, um ganz und gar den Duft der Blüten aufzunehmen.

Verfehlte städtische Politik hinterließ überall ihre Spuren, vor allem dort, wo eben diese Stadtteile Zuzüge von Menschen aus anderen Kulturen erfuhren, die sogar nach Landeszugehörigkeit wie Russland, Polen, Türkei sortierbar sind. Bei den Italienern, Griechen und Portugiesen sieht das anders aus. Sie leben in Köln in verschiedenen Stadtteilen unter den Deutschen, und um das Wort Integration zu vermeiden, lässt sich treffender sagen, sie sind Kölner geworden.

Anna hatte bei ihren zahlreichen Rückblenden vergessen, ihr Glas Hefeweizen zügig auszutrinken, es war warm und schal geworden. Sie bestellte ein neues. Der Biergarten war jetzt bevölkert wie sonst nur im Sommer. Es hatte Jahre gegeben, in denen im Mai keineswegs die Saison hatte eröffnet werden können. Niedrige Temperaturen und Regengüsse hielten den Inhaber davon ab, Personal einzustellen und Vorräte anzulegen.

Es gab einen überdachten Teil, der jedoch zu wenig Raum bot, wenn der Himmel über Köln sich bewölkte und das

Nass sich im Volksgarten auf die Suche nach Opfern begab.

Anna lehnte sich entspannt zurück. Dieses Weizen sollte nicht so enden wie das erste. Auf dem Tisch neben dem Eingang zur Toilette hatte Anna ein paar Zeitschriften und Veranstaltungskalender für den Mai gesehen. Sie stand auf und griff nach dem ‚Kölner', einem Programmheft für alle Arten kultureller Angebote. In dieser Woche, so hatte sie sich vorgenommen, wollte sie weiter auf Spuren wandeln, die sie in die Vergangenheit zurückführten. Sie war auf der Suche nach den Argumenten, die für Köln als ihren künftigen Wohnort sprachen. Es war natürlich nicht nur eine rationale, vielmehr eine emotionale Tour, die sie vor sich sah. Noch. Aber es könnte sich auch anders zeigen, dachte sie.

Anna war sich sehr wohl bewusst, worin sie Mangel verspürte, wollte sich bei ihrer Analyse nicht selbst betrügen. Eine schwierige Aufgabe, denn, so fragte sie sich, wo blieb dabei Paul?

Wollte sie ihn abhängen, mitnehmen oder teilweise einbeziehen? Wollte sie ihn verlassen, ihn verändern, sich verändern, die Welt auf den Kopf stellen? War alles eine Phantasie, eine Laune, die über sie gekommen war im vierzigsten Jahr? Konnte sie den Hormonen die Schuld geben? Was war ihr Leben noch wert?

Bisher war diese Frage nicht aufgekommen. Und nun kam sie mit aller Kraft über sie und auf sie, drückte sie nieder und verhieß Veränderung. Aber worin, wohin? Gern hätte sie mit jemandem darüber gesprochen, aber mit wem? Wie ein Blitz kam der Gedanke, dass es einen Menschen gab in Köln, den sie in den vergangenen Jahren kaum in ihrer

Erinnerung gehabt hatte. Da war eine Frau, sehr viel älter als sie, intelligent, künstlerisch aktiv, offen im Wort, rücksichtslos in ihrer Meinung, voller Energie, aber manchmal eben auch lästig, zu anhänglich und zeitraubend.

‚Was will ich denn nun', sagte Anna zu sich, ‚fehlt mir vielleicht ein solcher Mensch, der kein Blatt vor den Mund nimmt?'

Das konnte sehr wohl sein. Aber eine Energiefresserin wie diese Frau? War sie überhaupt in der Lage, das in ihrem jetzigen Zustand auszuhalten?

Beim Griff in die Tasche hielt Anna inne, als ihr bewusst wurde, wieder einmal, dass ihr Handy im Wohnmobil wie ausgesetzt in Feindesland vor sich hin dämmerte, denn der Akku war sicher schon sterbensschwach. Ein neues Handy sah Anna vor ihren Augen, bunt, ganz anders als das schwarzweiße, kleiner auch, und ein Etui dazu schwebte ihr vor.

Für heute war es zu spät. Plötzlich schoss es ihr in den Sinn, dass sie mit einem neuen Handy nichts würde anfangen können, ihr fehlten zu den Namen, die sie im Kopf hatte, die entsprechenden Nummern. Sie war abgeschnitten von der Welt, weil ihr ein lächerliches Teil Metall und Sondermüll abhanden gekommen war.

‚Was für ein Blödsinn', ging es ihr durch den Kopf. ‚Bin ich wirklich so abhängig? Sind wir alle freiwillig dieser Technik ausgeliefert, die uns weismachen will, unser Gedächtnis zu sein. Und wir gehen davon aus, dass das alles über Jahre gut geht. Wenn wir klug genug waren, führten wir parallel wie früher selbstverständlich ein papierenes Telefonbuch. Mit den Jahren vergessen wir es zu pflegen, und dann sitzen wir eines Tages da und maulen, müssen uns aber an die eigene Nase fassen.'

Anna wusste, sie brauchte nicht in Panik zu verfallen, zuhause lag in ihrer Schreibtischschublade natürlich ein von Hand geführtes Telefon- und E-Mail-Register.

Aber was war jetzt ihr Zuhause? Momentan war sie auf der Suche danach, was das künftig sein sollte, ein Zuhause, und wo, mit wem oder gar allein. Da überkam sie ein seltsam leeres Gefühl von Weltabgewandtheit und Fremdheit.

Sie bemerkte ein zerfleddertes aktuelles Kölner Telefonbuch, bei dessen Anblick es sie ekelte. Das würde sie nicht anfassen.

‚Thema erledigt', dachte sie und hatte sich wieder gefangen. Sie fühlte sich erleichtert, wie einfach sie zu diesem Entschluss gekommen war. Dann konnte der Erwerb eines neuen Handys auch warten, bis sie wieder in Leer sein würde. Leer, das waren eine Adresse, ein Bild, mehrere Bilder, Gesichter, ihre Eltern, Freunde, ihr Chef und … Paul gehörte auch dazu. Paul.

‚Und wenn ich ganz fest an ihn dächte, würde er dann wohl zum Volksgarten kommen und mich finden, mich in den Arm nehmen, und alles wäre wieder gut?'

Das Hefeweizenglas, 0,5 Liter, war fast leer.

Es drängten immer noch Menschen in den Biergarten. Der warme Nachmittagswind trug etwas Feuchtigkeit vom Wasser herüber, was die Trägheit begünstigte und die Gespräche auf das Notwendige reduzierte, bis auf die Kinder, die immer wieder um Bootsfahrten bettelten, zum Teil unter vollem Stimmeinsatz. Die Eltern nahmen es eher gleichmütig hin, wo sie an anderen Tagen genervt gewesen wären. Die jungen Blätter an den Kastanienbäumen bewegten sich leicht im Wind. Vom anderen Ufer trafen allerlei Gerüche und auch Düfte ein, Produkte der Grillarbeit zahlreich versammelter Familien aus aller Herren Länder. Das stimulierte natürlich, und die Griffe zur Speisekarte nahmen zu. Eis und Torten wurden an die Tische getragen, Pommes frites, Würste, Grillfleisch, Leberwurstbrote, alles kam in Annas Blickfeld.

Es reizte sie nicht. Sie bestellte noch ein Hefeweizen, das dritte, wie sie rechnete.

‚Wenn ich jetzt aufstehen müsste, würde ich dann nicht schwanken wie ein Matrose bei hohem Seegang?'

Anna hatte ein gespaltenes Verhältnis zum Alkohol, nicht zu Wein und Bier, aber zu Schnäpsen und auch zum Hefeweizen, obwohl sie gerade dieses ‚Hellers' gern trank. Die Ursache dafür war ihr nicht bekannt. Niemand in ihrer Familie war jemals auffällig geworden, auch Paul nicht.

Paul, immer wieder Paul. Er kam und ging, er ging und kam zurück, fast fühlte sie ihn körperlich.

‚Wenn ich doch nur etwas tun könnte, damit es uns gelänge, unser Leben zu ändern'.

Anna hielt das lange schlanke, sich nach unten verjüngende Glas in der rechten Hand und nahm einen guten Schluck. Als sie ihren Kopf ein wenig heftig bewegte, fühlte sie einen kleinen Schwindel aufsteigen. Sie stellte das Glas ab.

‚Eigentlich möchte ich gern nahe bei Paul sein, aber er lässt es ja nicht zu. Dabei weiß ich, dass er mich liebt und mich nicht verletzen will. Was hindert ihn denn bloß daran, es zu zeigen?'

Er ist in sich verschlossen, das ist alles, was Anna eindeutig klar ist. Ob er aber ein Geheimnis in sich trägt oder immer so gewesen war, konnte weder er noch sonst jemand sagen, Familie gab es nicht, oder er sprach nicht gern darüber. Dabei hat doch jeder Mensch mehr oder weniger Familie, die erste zwischenmenschliche Erfahrung hat doch ein Kind, selbst das, das in einem Heim aufwachsen musste.

Als der Kellner, der sie bedient hatte, wegen Schichtwechsels kassieren wollte, wie er sagte, zahlte Anna die drei Weizen und gab ihm reichlich Trinkgeld, worüber er sich sichtbar freute. Anna freute sich mit. Sie war unsicher, was zu tun sei, sie sollte auf jeden Fall etwas essen, befand sie, aber was?

Sie fasste den Kellner, der noch mit Abzählen des Geldes beschäftigt war, kurz am Ärmel und fragte ihn leise, was er ihr empfehlen könne. Sein ratloser Blick auf die Tafel mit den Tagesgerichten und dann ein Blick auf Anna sagten ihr, dass sie nicht auf ihn rechnen könne.

„Bitte, tun Sie mir den Gefallen und bestellen Sie schnell bei Ihrem Kollegen ein Wiener Schnitzel." „Wiener Art", verbesserte Anna ihre Bestellung. „Mit Salat, bitte".

„Gern". Das war geschafft. Zufrieden lehnte sie sich zurück. Das Bier hatte, so glaubte sie, bei dieser Tagestemperatur eine noch größere Wirkung als sowieso schon. Jedenfalls bei ihr, das war klar.

Am Nebentisch saßen zwei Männer, die sich seit geraumer Zeit nett, aber manchmal etwas laut miteinander unterhielten. Ab und zu fiel der Blick des einen und des anderen auf Anna, wenn sie glaubten, dass Anna die Worte wohl verstanden hatte, die nicht für sie bestimmt waren. Keineswegs anzügliche, eher fragende Blicke waren das.

Anna amüsierte sich und bestellte ein Glas Wasser, als ihr Schnitzel serviert wurde. Diese Kombination war völlig unpassend. Anna suchte eine Bedienung, winkte einer jungen Kellnerin.

„Ich möchte doch noch ein Hellers", bestellte sie und fand sich mutig. Soviel Bier hatte sie noch nie getrunken.

Sie ertappte sich dabei, wie sie Blick aussandte zu den beiden Männern am Nebentisch, die ab und zu die Köpfe zusammensteckten, lachten und sich verstohlen umsahen, als hätten sie einen ungebührlichen Witz gemacht. Anna lachte mit, sie fand das lustig. Warum sollte sie Hemmungen haben. Was war schon dabei?

Anna fröstelte. Es wurde langsam dunkel. Der Himmel war von einem dunkelgrauen Blau, erste Lampen gingen an, das fröhliche Lärmen der kleinen Kinder war fast verebbt, ein immer noch lauer Frühlingsabend hüllte alles in ein angenehmes Licht. Anna saß in ihrem einzigen Kleid in Köln, fror ein wenig und war auf dem besten Weg in eine kleine Melancholie.

Sie war noch mit dem Schnitzel beschäftigt, trank und aß abwechselnd. Doch während sie kleine Stücke des Fleisches abschnitt, kam sie sich plötzlich barbarisch vor. Was war das nun wieder. Die Salatblätter hatten durch die großzügig zugefügte Sauce ihre Frische vorgaukelnde Konsistenz verloren. Anna legte das Besteck beiseite, trank vom Hefeweizen. Als sie das Glas absetzte und den Blick hob, traf sie direkt die Augen des einen Mannes am Nebentisch, dessen Begleiter momentan abwesend war. Der Mann lächelte Anna an. Und sie lächelte zurück. Sie nahm wieder das Glas auf.

‚Die denken sicher, dass ich eine Trinkerin bin, sollen sie, ist mir egal', Anna fühlte sich nicht mehr wohl. Ihr war jetzt kalt und sie sehnte sich ins Hotel zurück, freute sich auf den Weg dahin, sie würde sich warmlaufen.

‚Das Bier lasse ich einfach stehen, ich werde gehen.' Sie suchte die Reihen ab, um einen Kellner zu finden, aber da war keiner, sie waren so beschäftigt, dass sie gar nicht mehr aufsahen.

Anna versuchte, aus dem breiten Korbstuhl hochzukommen, langsam, damit, falls der nach hinten umkippen sollte, niemand mitbekam, wie schwer es für sie geworden war, das Aufstehen. Drei Anläufe benötigte sie. Den Stuhl immer ein paar Zentimeter nach hinten drückend, erreichte sie schließlich die Beinfreiheit, sich aufzurichten.

Sie hielt sich noch etwas verkrampft an der Tischkante fest und traute sich kaum, sie loszulassen. Als sie sich ihrer Situation bewusst wurde, war ihr klar, dass sie am besten einen hilflosen Blick auf die beiden Männer am Nebentisch entsandte. Und tatsächlich, diese standen, wie verabredet, beide gleichzeitig auf und kamen an ihren Tisch. Was blieb Anna übrig, als sie nett anzulachen, obwohl sie merkte, dass sie ihre Mimik nicht ganz so im Griff hatte wie sonst. Wieso ging das nicht, und warum konnte sie nicht einfach sagen, dass sie Hilfe brauche? Einer faste ihre rechte Hand, hielt Anna fest, zog den Stuhl soweit zurück, dass Anna sich drehen konnte, während der andere die Szene mitverfolgte und - nachdem Anna sicher die Kehrtwende überstanden hatte - sie dann fragte, ob sie noch zahlen müsse. Anna nickte lediglich und genierte sich einen Moment lang.

„Das Schnitzel und ... mein viertes Hefeweizen, drei habe ich ja schon bezahlt, würden Sie das bitte erledigen, ich gebe es Ihnen gleich wieder, draußen, bitte", und während der eine sie weiterhin an der Hand hielt, als sie langsam den Biergarten verließen, regelte der andere die Geschichte mit dem Bezahlen.

Anna hätte sich keine Sorgen zu machen brauchen, denn es war so voll unter den alten, großen Kastanien und am Wasser, alle waren mit sich und ihren Freunden beschäftigt, was sollte eine Frau aus Leer hier ausrichten müssen, um wirklich aufzufallen? Sogar an einem Dienstagabend waren so viele Menschen hier, dabei gab es in Nordrhein-westfalen nicht einmal richtige Pfingstferien.

In Leer war vieles anders. Anna dachte an das vergangene Weinfest, das sie mit Paul besucht hatte. Da kamen und gingen Hunderte Besucher im Verlauf des Abends auf das relativ kleine Areal, und jeder wusste von einem oder mehreren Bekannten zu berichten, wie der oder die zum Ausgang gewankt sei, wie der eine oder andere sein Fahrrad beim Gehen nicht mehr hatte halten können und gestürzt war, was über Nacht Wunden und Narben, zerrissene Hosen oder Kleider zur Folge hatte. Namen fielen, und es gab eine Menge zu erzählen anderntags in den Büros, Schulen oder auch zuhause.

Der Kellner hatte sein Geld, der fremde Mann wurde umständlich von Anna ausbezahlt, obwohl er sie gern nachträglich eingeladen hätte, das nahm Anna schon wieder klaren Kopfes wahr. Natürlich ließ sie das nicht zu.

Sie standen zu dritt unter dem matten Licht einer Straßenlaterne, die Stimmung war immer noch gut, Anna war weder müde noch zu betrunken, um ein paar freundliche Worte zu finden.

„Wo müssen Sie denn hin, Sie frieren ja", sagte einer der beiden, zog sofort sein Jackett aus und hing es Anna um die Schultern. Sie stand nur da, rührte sich nicht, so etwas hatte sie lange nicht erlebt.

‚Jetzt bloß nicht anfangen, rührselig zu werden', sprach ihre innere Stimme. Sie fing sich wieder und sagte mit fester Stimme: „Ich habe es nicht weit, ich wohne im Hotel am Chlodwigplatz."

„Nicht weit, ist gut, wir bringen Sie dahin, sonst fallen Sie noch um und erfrieren." Alle drei lachten mit einemmal wie befreit. So gingen sie, Anna in der Mitte, ihre Hände hielten verschränkt die Jacke auf den Schultern fest. Es war nicht mehr kühl. Sie versuchten im Gleichschritt zu gehen. Es ging jedoch nicht besonders gut, da Annas Schritte erheblich kleiner waren als die der Männer.

Vor dem Hotel angekommen, verabschiedete sich Anna von ihnen so herzlich, wie sie zu dieser Nachtzeit noch dazu imstande war und das Hefeweizen es ihr erlaubte. Sie ging hinein ins Haus, dienstags war die Rezeption wohl durchgehend besetzt, sie nahm den Schlüssel in Empfang und wünschte eine gute Nacht. Auf der Treppe nahm sich Anna vor, ganz gesittet hochzugehen, es gelang ihr ohne zu stolpern. Als sie endlich im Bett lag, weinte sie leise in ihr Kopfkissen. Das Leben hätte so schön sein können. Mit einem Mal setzte sie sich auf und griff zum Telefon und bat die Frau in der Rezeption um telefonisches Wecken um 7.30 Uhr. Vorbei ihr Plan, noch in Köln zu verweilen.

Sie wollte den Vormittagszug nach Leer nehmen, möglichst ohne umsteigen zu müssen. Und sie durfte nicht vergessen, ihre Reisetasche aus dem Schließfach zu holen.

Im Traum öffnete Paul ihr die Tür, als sei nichts geschehen, und die Tatsache, dass Anna hier eintreten wollte, unterschied sich nicht von ihrer üblichen Rückkehr nachmittags aus ihrem Büro in Oldenburg, wenn Paul sie an der Wohnungstür begrüßte.

Als sie mitten in der Nacht aufschreckte, von einem fremden Geräusch aus dem Schlaf geholt, stand sie kurz auf und ging leisen Schrittes zur Flurtür, lauschte hinaus, hörte nichts, sah auch keinen Lichtstrahl, kehrte um, legte sich wieder ins Bett.

Als in der Frühe das Telefon klingelte, war Anna einen Moment im Zweifel, ob es das auf ihrem Nachttisch sein könne. Doch war sie schnell wach, fühlte sich ausgeschlafen, dachte noch daran, als Erinnerung an diese Tage ein Kleid zu kaufen, dies auch gleich anzuziehen auf ihrer Zugreise. Sie gab der Rezeption Bescheid, dass sie nicht mehr im Hotel frühstücke, zahlte schon kurz darauf die Rechnung und verließ beschwingt das lichtgrüne Haus.

Sehr kurz, sehr schnell blitzte ein Gedanke auf und verflog, kaum, dass Anna ihn rekonstruieren konnte. Es waren Worte wie: Ist mit mir noch alles in Ordnung? oder: Was will ich eigentlich? Anna fand, diese Frage dürfe sie sogar öffentlich stellen, wozu aber keine Notwendigkeit bestand.

Anna - Rückreise nach Leer am 20. Mai

Anna ist wieder vollkommen in der Gegenwart angekommen. Sie fährt mit der U-Bahn zum Neumarkt. Von dort aus wird sie rasch eine Möglichkeit zum Einkauf finden. Aber als sie aussteigt, fällt ihr ein, dass es dafür noch zu früh ist. Zwischen halb zehn und zehn Uhr öffnen die meisten Geschäfte auf der Hohen Straße. Und es ist erst viertel nach neun.

Jetzt verspürt sie nicht nur Hunger auf ein Frühstück, sondern hat auch Appetit. Ein Bäcker hat schon geöffnet, die Tür steht einladend offen. Es riecht nach Putzmittel, aber nur ganz fein und diskret. Darüber liegt der Duft des Brotes und der Brötchen sowie von allerlei Backwerk, auch Kaffee gibt sein Aroma ab.

Anna bestellt ein Kännchen Kaffee und bedient sich aus den bereits ausliegenden belegten Brötchen, eines mit Salami, eines mit Käse. Die Bedienung stellt alles auf ein Tablett, Anna entdeckt einen ‚Kölner Stadtanzeiger' vom Vortag, den 19.5., blättert in dem Exemplar.

Sie ist der erste Gast an diesem bereits sonnigen Frühlingstag. Den Berichten über politische Themen kann sie an diesem Morgen nichts abgewinnen. Sie interessiert sich für die Neuigkeiten aus den einzelnen Stadtteilen. Da geht es mal wieder um die U-Bahn, um eine weitere Brücke über den Rhein weiter südlich, um das Theater, das noch nicht wieder in seiner Spielstätte zuhause ist, und natürlich um den 1. FC und die Bundesliga. Absteigen, aufsteigen, absteigen, aufsteigen. Das können die jungen Spieler. Podolski, wo ist der eigentlich abgeblieben, nachdem er bei den Bayern nicht mehr spielt? War das Chelsea oder Turin? Anna ist immer gut informiert gewesen, aber das Talent dieses Podolski, den die Kölner für eine Menge Geld zurückgeholt hatten, war es wohl nicht wert gewesen. Doch was wusste man schon von einem so jungen Mann, der jetzt eine Kleinfamilie hatte und bestimmt auch andere Interessen als ausschließlich den Fußball und sein großes Apartment in einem der neuen so genannten Kranhäuser am Rhein.

Anna blättert schnell die Zeitung durch. Sie hat doch nicht die notwendige Ruhe zum Lesen, nun, da sie nach Leer zurückfahren wird und nicht weiß, wer oder was sie dort erwartet. Sie hält die Zeitung unterm Arm, zahlt ihr Frühstück und macht sich auf den Weg zum Hauptbahnhof.

Lieferantenwagen stehen hier überall oder fahren zu dieser Stunde durch die lange Fußgängerzone der Großstadt. Vor den Boutiquen wird geputzt, die Auslagen in den Fenstern überprüft und kleine Grüppchen sieht Anna, die sich lauthals unterhalten, Nachbarn und Personal der kleineren Geschäfte.

Auf Annas Nacken scheint angenehm die Sonne, als sie langsam über die Domplatte auf den Bahnhof zugeht. Wind empfängt sie, als sie den Haupteingang des Doms passiert hat. Hier an dieser Ecke ist ihr früher so mancher Regenschirm kaputtgegangen, erinnert sie sich lachend.

Anna gerät in den Gegenverkehr, denn aus der Bahnhofshalle drängen die Menschen nach außen, viele, die in Köln arbeiten, kommen mit dem Zug und verteilen sich dann auf andere Stadtteile.

Sie biegt direkt in den Gang links ab, um zu den Schließfächern zu gelangen. Hier stehen Menschentrauben an Telefonen oder mit ihren Handys in Nischen und schreien hinein, um aus diesem Sammelsurium an Sprachen und Geräuschen die eigene Stimme noch zu hören und sie weiterzuleiten.

Anna steckt die Karte in den Schlitz, zahlt die angegebene Summe, das Fach öffnet sich und sie entnimmt ihre Tasche. Sie wundert sich sehr darüber, dass diese Tasche ihr zuletzt zu schwer geworden war. Das findet sie nun merkwürdig.

Der Fahrplan und der Blick auf die Bahnhofsuhr sagen ihr, dass sie den Zug um 10.10 Uhr gerade verpasst hat, um 11.10 fährt der nächste, bei beiden ist einmaliges Umsteigen erforderlich. Der um 11.10 Uhr benötigt eine Stunde weniger. Sie geht in die Schalterhalle und kauft das Ticket, wird nachdenklich, als sie es in der Hand hält, kann nicht sagen, warum.

Sie sieht an sich hinunter und weiß wieder, was los ist. Sie ist immer noch mit dem dünnen Sommerkleid unterwegs und friert. Zeit zum Einkaufen gibt es jetzt nicht mehr. Sie steuert auf eine Cafébar zu, die gut besetzt ist, in der sie ein wenig von der Wärme der anderen Gäste spüren wird.

Sie bestellt einen Capuccino, nimmt an einem der Tische Platz und schlägt die Zeitung ein zweites Mal auf. Sie kann sich nicht richtig konzentrieren, da ihre Gedanken immer wieder bei Paul sind.

Unruhig schlägt Anna das ‚Panorama' des Stadtanzeigers auf. Und was hat sie vor Augen? Eine Überschrift mit folgendem Wortlaut: Leiche aus dem Rhein bei Rodenkirchen geborgen. Sie liest weiter, ihr Herz schlägt wie verrückt: Nach Informationen der Kripo Köln wurde eine Frau am vergangenen Sonnabend Mittag Zeuge, wie ein Mann in einem Paddelboot vergeblich versuchte, in Höhe des Bergerschen Campingplatzes ans Ufer zu gelangen. Sie vermutet, dass er in den Sog eines zu der Zeit rheinaufwärts fahrenden Containerschiffes geraten ist und sich nicht daraus befreien konnte. Sie hat seine Hilferufe gehört und ihn noch gesehen, als er wild gestikulierend auf sich aufmerksam machte.

Nachdem sie auf ihrem Handy den Notruf gewählt hatte, sei das Boot bereits aus ihrem Blickfeld verschwunden. Polizei und Rettung waren binnen kurzem vor Ort, suchten aber ohne Erfolg. Erst am späten Nachmittag wurde die Polizei erneut informiert, nachdem ein Spaziergänger ein rotes Boot gesichtet hatte, das leer mit der Strömung rheinabwärts driftete. Gegen Abend fand man im Uferbereich eine männliche Leiche und vermutet nun einen Zusammenhang. Die Verwaltung von Camping Berger berichtete, Nachbarn seines Wohnmobils hätten den Mann gesehen, der ein rotes Paddelboot zu Wasser ließ. Es soll sich um Paul H. aus Norddeutschland handeln, den man seitdem nicht mehr bei seinem Wohnmobil sah.

Anna ist mit einemmal sehr ruhig, legt beide Hände auf den Artikel und holt tief Luft. Sie will das noch einmal lesen und will es doch nicht. Sie faltet die Zeitung, entfaltet sie dann wieder, reißt den Artikel heraus, krumm und schief, faltet ihn zu einem kleinen Format zusammen, zieht ihr Portemonnaie aus der Tasche und steckt das Papier hinein, legt fest die Hand darauf.

Die Zeitung legt sie auf den Tisch, zahlt ihren Kaffee, sieht auf die Uhr, es ist 10.45 Uhr, dann erst schaut sie sich um und stellt fest, dass sie sich im Hauptbahnhof Köln befindet. „Zehnuhrfünfundvierzig", sagt Anna halblaut. Noch ein Blick auf die Uhr. Sie friert in ihrem dünnen Kleid. Aber das ist ihr gleichgültig, sie nimmt ihre Tasche auf, geht auf den Bahnsteig, der Zug ist bereits eingelaufen. Sie steigt in den nächstbesten Wagen, sucht einen Platz, lässt sich in einen Sitz am Fenster fallen, lehnt sich an, schließt die Augen: "Paul, was hast du getan, mein Lieber?" Leise spricht sie weiter: "Ich habe dich allein gelassen. Was muss ich jetzt tun?"

Fahrgäste gehen an ihr vorbei, sie nimmt nichts davon wahr. Keiner fragt, ob neben ihr noch ein Platz frei sei. Sie ist allein auf der Welt, verlassen. Der letzte Rest an Zweifel macht sich bei Anna erst bemerkbar, als sie spürt, dass der Zug sich in Bewegung setzen wird. Wie ferngesteuert steht sie auf, läuft mit ihrer Tasche auf die erstbeste Tür zu, die sich jedoch schon fast geschlossen hat. Verzweifelt drückt sie auf den Knopf, aber es ist zu spät. Der Zug ruckelt, Anna bewegt sich mit, ist nicht mehr sicher auf den Beinen, knickt zusammen und kauert auf dem Fußboden. Ein Fahrgast, der das gesehen hat, will ihr aufhelfen, aber Anna wehrt ihn ab.

„Lassen Sie mich bitte, es ist nur eine kleine Schwäche, ich stehe gleich wieder auf."

Sie schließt die Augen: "Paul, sag', dass das nicht stimmt, dass du damit nichts zu tun hast. Du bist doch mein Paul. Dir darf nichts geschehen! Bitte, sag', dass es dir gut geht!"

Der Mitreisende hört nur, dass die Frau leise, aber flehend mit jemandem spricht. Er geht noch einmal zu ihr. Anna zittert vor Kälte. Er zieht sein Jackett aus und legt es ihr um die Schultern. Sie lässt es apathisch geschehen. Er hilft ihr auf die Beine und nimmt sie mit auf den Sitzplatz. Dort schläft sie an ihn angelehnt ein.

Als sie einmal die Augen öffnet, sieht sie am Halteschild, dass der Zug in den Hauptbahnhof Essen eingelaufen ist. Es ist 11.57 Uhr. Ihre linke Körperhälfte spürt die Wärme eines anderen Menschen. Anna traut sich nicht, ihre Position zu verändern. Was soll sie als Erklärung abgeben für ihr Verhalten und dass sie nun so bei einem Fremden sitzt, sogar mehr liegt als sitzt.

Aber der Mann lässt sich nichts anmerken, spricht sie ganz normal an, was Anna erleichtert zur Kenntnis nimmt. Sie rückt ein wenig ab, denn sie will ihm das Jackett zurückgeben, das noch um ihre Schultern liegt. Er winkt freundlich ab.

„Ich fahre noch ein ganzes Stück weiter, bis dahin können Sie die Jacke gern behalten", lacht er sie an.

„Ich wohne in Leer, das dauert noch mehr als zwei Stunden. Ich muss, so war das, glaube ich, in Münster umsteigen. Bequem ist es ja, mit der Bahn zu fahren, ich bin es nur nicht mehr gewohnt."

Anna fühlt sich wieder besser, bestellt zwei Flaschen Wasser bei dem Servicemann.

„Möchten Sie vielleicht etwas trinken", fragt sie ihren Nachbarn, „ich habe etwas gutzumachen bei Ihnen, also?"

Der Mann lacht sie an: "Danke, dann nehme ich gern einen Kaffee auf Ihre Kosten!"

Der Service-Mann reicht die Getränke, Anna zahlt. Das zusammengefaltete Papier fällt dabei auf den Boden. Blitzschnell bückt Anna sich und hebt es auf, zwängt es wieder in das Kleingeldfach. ‚Ich hatte es fast vergessen', wundert sie sich. Abrupt wendet sie sich ihrem Reisegefährten zu. Sie fühlt sich aufgerufen, eine Erklärung für ihre dürftige Ausstattung abzugeben, sie möchte nicht warten, bis er ihr mit Fragen zuvorkommt.

„Sie haben sich sicher über mein Outfit gewundert, nicht wahr? Ich habe in Köln in einem Café tatsächlich meinen Mantel liegengelassen, und als ich es bemerkte und umkehrte, war er schon nicht mehr am Ort. Ich hatte keine Zeit mehr, Ersatz zu kaufen. Ich wollte unbedingt diesen Zug nehmen."

Anna mag ihre Notlüge nicht besonders, aber das ist jetzt egal.

„Das ist Pech für Sie, aber Sie werden das schon überstehen, denke ich. Ich fahre übrigens bis Münster. Sollten Sie schlafen, wenn ich aussteigen muss, nehme ich einfach das Jackett von Ihren Schultern, aber zuvor wecke ich Sie. Erschrecken Sie dann bitte nicht!"

‚Wenn du wüsstest, was mich erwartet, dann würdest du anders mit mir sprechen', denkt Anna, aber sie sagt: „Ja, ich habe schon ernstere Probleme gehabt als dieses. Kleider sind leicht zu ersetzen. Und so schreckhaft, wie Sie annehmen, bin ich nicht."

Während sie ab und zu von dem Wasser trinkt, sieht sie aus dem Fenster. Wieder ein heller Frühlingstag. Ein Tag, der gar nicht zu dem passt, was in anderen Teilen der Welt, und nun auch in ihrer kleinen begrenzten Welt, an grausamen Ereignissen täglich geschieht. ‚Plötzlich bist du selbst an der Reihe, und du kannst es nicht glauben! Alles ändert sich und dein Leben von jetzt auf gleich, selbst wenn du in deinen Gedankenspielen schon einiges für möglich gehalten hast, es waren lediglich Gedankenspiele.

Anna fühlt es wie einen körperlichen Schmerz, dass sie etwas in Gang gebracht hat, was in dieser Ausprägung von ihr nicht gewollt war. Paul ist ein lieber Mensch. Wenn er ihr auch häufig fremd vorkommt, so ist sie mit ihm und er mit ihr doch vertraut. Sie kann keinen Vergleich ziehen, da sie nie einem anderen Mann, ausgenommen Andreas, ihrem Bruder, so nah war wie jetzt Paul.

‚Sollte ich nicht einfach aufstehen, an der nächsten Haltestelle den Zug verlassen, nach Köln und auf den Campingplatz fahren, dort nachforschen, was geschehen ist? Irrtümer gibt es oft genug. Ich glaube, ich bin zu feige umzukehren. Wenn es denn doch stimmen sollte?'

Anna weiß nicht, wie sie diese Verurteilung zur Untätigkeit in den kommenden Tagen wird aushalten können.

‚Das Beste wäre schlafen und in Münster zum Umsteigen rechtzeitig wieder wach sein. Damit hätte ich zumindest für eine Stunde meines veränderten Lebens keinen Schmerz zu spüren.'

Anna weiß, dass sie nicht entrinnen kann und dass sie wird aufklären müssen, was an jenem Sonnabend am Rhein wirklich geschehen ist. Ihr Verstand sagt, dass sie zur Polizei gehen muss, um von dem letzten Abend mit Paul zu berichten. Sie fühlt sich mitschuldig, sollte Paul nicht mehr leben. Doch all diese Worte, die ihr in diesem Zusammenhang einfallen, passen weder zu Paul, noch zu ihrem Leben. Sie sind so fremd wie die Vorstellung, Paul sei endlich in Machu Picchu, der alten Inkastadt, angekommen und würde auf sie warten, um ihre Freude darüber zu erleben.

Wie schroff er doch auch sein konnte, oder, besser gesagt, ehrlich, denn er meinte es so, wie er es gesagt hatte. Das war typisch Paul, und sie hatte ihm dieses merkwürdige Verhalten immer wieder verziehen. Es ging nicht gegen sie, das fühlte sie mit ganzer Sicherheit.

‚Ach, mein lieber Paul, wenn wir doch nur richtig miteinander sprechen könnten! Vielleicht habe ich dich auch so manches Mal verletzt oder verunsichert mit meinen Wünschen, die nicht immer von Vernunft, sondern eher von Gefühlen getragen waren. Das machte dich so offensichtlich ratlos, und du hast dich einfach abgewandt und gingst aus dem Zimmer oder aus dem Haus. Wenn du dann schnell wieder bei mir warst, saß ich noch da und überlegte, wie wir uns versöhnen könnten. Aber du wusstest nicht einmal mehr, dass wir eine kleine Auseinandersetzung gehabt hatten.'

Anna fühlt wieder Angst in sich aufsteigen. Sie sieht auf die Uhr: eine Viertelstunde bis Münster. Einschlafen wäre jetzt nicht mehr die Lösung. Sie sieht kurz zur Seite. Der Mann neben ihr, dessen Jacke sie immer noch um die Schultern hat, riskiert einen Blick in Annas Augen.

„Gleich muss ich leider um meine Jacke bitten", sagt er entschuldigend mit einem Lächeln. „Wie wäre es, wenn wir gemeinsam ausstiegen und ich zeigte Ihnen, wo sie in Bahnhofsnähe einen Mantel kaufen könnten?"

„Das könnte mir gefallen, aber ich muss leider sofort weiterfahren nach Leer. Heute Abend habe ich noch viel zu erledigen." „Schade", sagt der sympathische Herr.

Anna kann nicht anders, sie würde sich gern drücken vor dem, was sie erwartet. Es geht nicht, sie muss weiter nach

Hause. Nach Hause? Vielleicht ist Paul schon dort und erwartet sie. ‚Und wenn nicht, was tue ich dann?' Anna schwankt zwischen Hoffnung und Angst. Alles ist möglich, aber niemand gibt ihr eine befreiende Antwort. Die wird sie selbst finden müssen.

Die Ansage erfolgt, dass der Zug in wenigen Minuten den Hauptbahnhof von Münster/Westfalen erreichen wird. Das Gleis für die Weiterfahrt Richtung Norddeich wird benannt.

Der freundliche Herr steht auf, Anna ebenfalls. Sie wartet nicht, bis er die Jacke von ihren Schultern nimmt, sondern reicht sie ihm, bedankt sich mit einem Lächeln und fühlt wieder die Kälte aufsteigen, die sie für eine angenehme Zeitspanne verlassen hatte. Beide steigen aus. Anna wartet auf kein Zeichen mehr, setzt sich resolut in Bewegung, um das angesagte Gleis ohne Hast zu erreichen.

Sie findet einen Fensterplatz und ist allein im Abteil. Ein Zugbegleiter entwertet ihre Fahrkarte und wünscht ihr eine gute Weiterfahrt. ‚Nichts von dem interessiert ihn wirklich, das ist doch klar. Er hat einen Kurs besucht, zwangsweise, damit er diese Floskeln auch dem unangenehmsten Fahrgast in die Ohren bläst.' Das ist alles, was Anna einfällt.

Anna wundert sich über ihre kritische Bestandsaufnahme, doch es sind ihre Gedanken und es ist ihre Meinung, soviel steht fest. Nach ihrer Schlafphase ist sie fast bereit, in eine Lethargie zu verfallen, um sich vor dem erwarteten Stress zu schützen. Die Schlafdauer war offensichtlich nicht ausreichend gewesen. Ein schwieriger Teil liegt bereits hinter ihr, und ein noch schwierigerer Teil wartet auf sie. Soweit sieht Anna klar.

Wenn sie auch in den vergangenen Jahren einige Male den Wunsch nach einem anderen Leben verspürt hatte, so waren ihre Gedanken dazu kaum konkret gewesen. Das ist es, was ihr in dieser Situation einfällt.

Von Hass auf ihren Mann bis zu dem übermächtigen Gedanken an seinen baldigen Tod war sie nie besessen. Wie konnte sie in diesem Mai so weit gehen, und, vor allem, warum klang das in dieser Stunde im Zug nach Leer, sie allein, ohne Paul, so unwirklich, dass sie sich selbst nicht mehr geheuer war? Und nun sollte Paul vielleicht umgekommen sein, in einem Boot, im Rhein, er, in einem fremden Gewässer voller Gefahren, Paul, der das Schwimmen nicht erlernt hatte, Paul, der sein Leben einfach aus Leichtsinn aufs Spiel gesetzt hatte, und dann noch ihretwegen?

Wenn Anna sich vorstellte, was ein Mensch zu durchleiden hätte, der einen derartigen Entschluss für sich gefasst hatte und der dann an seine Frau, seine Freunde, Kollegen, an alle, die er kannte, dachte, der wissen musste, dass er sie zurückließ mit der großen Frage an ihn: ‚warum, Paul', und auch: ‚Paul, du hättest dich doch an mich wenden können mit deinen Problemen oder Ängsten, jetzt lässt du uns allein und wir alle fühlen uns schuldig, wir hätten vielleicht die Chance gehabt, dir zu helfen und dich von dem Gedanken abzubringen, nun bist du fort, und wir werden uns nie, nie wiedersehen. Geht man einfach so fort, dann ist das das Ende eines aufgegebenen Kampfes. Aber Paul, was war dein Kampf, lass' es uns wissen, wir möchten es zumindest begreifen, warum wir keine Chance bekamen.'

Anna ist verzweifelt über die von ihr formulierten Sätze. Sie hält sich die Ohren zu. Der Zug zieht an den Ortschaften vorbei, Anna sieht Wolken aufkommen, kann sie jedoch nicht verfolgen, die Geschwindigkeit des Zuges lässt das nicht zu. Unregelmäßig werden ein paar Wassertropfen gegen die Scheibe gedrückt. Wie das Wetter in Leer sein wird, das hat sie nicht nachgesehen. Auf die Uhr schaut sie nicht mehr.

Irgendwann wird sie den Bahnhof Leer erreichen. Es wird noch Nachmittag sein, mit oder ohne Wolken, mit oder ohne Regen. Und die Wohnung: mit oder ohne Paul!

‚Und ich', denkt Anna, ‚was wird aus mir, wenn ich allein sein werde?'

Anna - zurück in Leer

Als Anna am Nachmittag die Wohnung betritt, weiß sie, dass sie allein sein wird. Die verbrauchte Luft, sie reißt alle Fenster auf, die Briefe in ihren Händen, die sie aus dem Postkasten entnommen hat, alles spricht dafür, dass Paul nicht hier gewesen ist.

Sie geht durch alle Räume, um ein Zeichen, einen Hinweis zu finden, etwas übersehen zu haben, was darauf hindeutet, dass zwischenzeitlich ein Mensch in dieser Wohnung war.

Nichts. Anna hat ihre Tasche auf einen Stuhl gelegt und zieht sich erst einmal einen Pullover über. Hier in Leer ist es doch kühler als in der Kölner Bucht. Es regnet aber nicht. Das ist schon etwas.

Anna sieht sich die Post an. Ein Brief ist dabei, der kommt von der Kriminalpolizei Leer/Emden. Annas Finger beginnen zu zittern. Sie benutzt gewöhnlich einen zierlichen Brieföffner, den ihr Bruder hinterlassen hat, aber jetzt reißt sie den Brief einfach auf. ‚Das passt besser', denkt sie, ‚was soll der denn wohl Positives enthalten'.

Der Brief trägt das Datum vom 19.5., Anna wird darin gebeten, am 21.5. in Leer aufs Präsidium zu kommen. Man habe bereits versucht, sie telefonisch zu erreichen. Die Angelegenheit sei dringend. Es sei bekannt, dass sie sich in Urlaub befinde oder befunden habe. ‚Die Leute haben ein ganz bestimmtes Anliegen und reden um den heißen Brei herum', so ist Annas Meinung.

Sie zerreißt den Brief. ‚Wenn die was von mir wollen, sollen sie sich doch persönlich hier sehen lassen. Ich will ja nichts von denen, was wissen denn die. Und wenn es um Paul geht, sage ich sowieso nichts. Die drehen mir doch das Wort im Mund herum.'

Anna steigert sich immer mehr in eine allgemeine Abwehrhaltung hinein. Sie gibt zu, dass sie das gar nicht wolle, aber was ist in dieser Situation mit diesem Halbwissen denn angebracht? Sie weiß es nicht. Sie wird die Klarheit selbst herbeiführen. Sie wird den seit Jahren abonnierten Kölner Stadtanzeiger jeden Tag von vorn bis hinten durchlesen. Es muss doch etwas zu finden sein. Man schreibt nicht über einen Toten nur einmal, das wird verfolgt, wer wüsste das besser als Anna. Einer bleibt immer am Ball.

Anna friert erbärmlich. Sie stellt die Heizung an. Es ist nicht nur in der Wohnung kalt, sondern auch in ihrem Innern ist plötzlich alles wie erloschen, was jemals in ihr an wärmender Energie vorhanden war.

Sie holt eine Wärmflasche aus dem Badezimmer, füllt heißes, aber nicht sehr heißes Wasser ein, holt einen Pyjama, steigt hinein, nimmt die Wärmflasche und geht ins Bett, nur ihr Kopf ist noch zu sehen. Sie sieht auf die Uhr, die sagt ihr, dass es vier Uhr am Nachmittag ist. Jemand hätte etwas anderes nennen können, Anna hat ihr Zeitgefühl verloren.

‚Zwei Stunden richtig durchschlafen, dann geht's mir besser', glaubt Anna. Sie schläft bald darauf ein.

Im Traum folgt sie einem Impuls, der ihr rät, Pauls Handynummer einzugeben. Vor lauter Angst lässt Anna es nur einmal klingeln, bevor sie das Mobilteil wie ein heißes Eisen schnell aus der Hand legt. Als sie aufwacht, spürt sie, dass ihre linke Wange nass ist. Und sie weiß, dass sie im Traum sehr traurig gewesen ist. Sie kämpft gegen einen

Rückfall an, reckt und streckt sich, macht sich Mut für die kommende Zeit, in der sie sich allein sieht, suchend und hoffend, Paul wiederzufinden. Sie steht auf, geht unter die Dusche, fühlt sich danach noch etwas frischer als nach dem Schlaf.

Der Kühlschrank ist leer bis auf das aus Köln mitgebrachte Brot und den Käse. Sie wird jedoch nicht einkaufen gehen. Sie werde das Haus an diesem Tage nicht verlassen, beschließt Anna. Sie bereitet sich einen schwarzen Tee mit Kandis und Sahne, wie sie ihn immer getrunken hat. Ihr Blick wandert zu ihrem Computer. Den hat sie behalten wollen, als sie den Laptop kaufte. Mit dem PC könnte sie jetzt natürlich sofort ins Internet. Die Idee, das gerade jetzt zu tun, kommt, vergeht, kommt wieder und wird vertagt.

In diesem Moment hört sie, wie unten am Hauseingang ihre Wohnungsklingel betätigt wird. Anna wagt nicht sich zu rühren. Wer sollte das sein? Die Polizei, nein, das kann nicht sein, der Termin kommt ja erst noch.

Sie stellt sich in die Nähe des Fensters, von dem aus sie die Straße im Blick hat. Derjenige, der geklingelt hat, wird sich ihr zeigen müssen, ob er will oder nicht. Sie wartet, es klingelt noch einmal, ein weiteres Mal, dann scheint Schluss zu sein. Sie bezieht wieder ihren Platz am Fenster. Als sie Dirk erkennt, der nicht einmal zu ihrem Fenster hochsieht, wundert sie sich. Denn Dirk weiß doch, dass Paul und sie erst zum Ende des Monats von ihrer Reise zurück sein wollen. ‚So kann ich nicht abschalten', denkt Anne. Gedankenfetzen reihen sich aneinander, wirbeln herum, ergeben keinen Sinn. ‚Vielleicht morgen', sagt sich Anna. Ein neuer Tag, eine Nacht dazwischen, die alles auf Anfang stellen wird. Dann könnte sie gewappnet sein mit der nötigen Klarheit, die immer zu ihrem Wesen gehört hat. Die geht doch nicht einfach verloren, oder? Dann wiederum fragt sie sich, ob diese verdammte Klarheit ihr wirklich zuträglich war oder ist. Oder ob sie sich das nur antrainiert hat und es gar nicht ursprünglich zu ihrem Wesen gehörte. Hat das vielleicht auch mit Paul zu tun? Früher dachte sie manchmal, sie müsse für ihn mitdenken, ihm viele Dinge abnehmen, die er anscheinend nicht bewältigen konnte. War das falsch?

‚Mein Gott', denkt Anna, ‚ich verfalle schon wieder in die alte Rolle, die ich doch endlich ablegen sollte.'

Plötzlich geht sie durch die Räume, zieht alle Vorhänge zu, macht sich noch einen Tee, nimmt ein Buch, geht ins Bett, macht die Nachttischlampe an, liest.

Zwischendurch gehen ihr Sätze durch den Kopf, die parallel zum Text des Buches mitlaufen. Bis ihr das auffällt und lästig wird, kann es schon mal dauern.

Aber jetzt fühlt Anna Probleme beim Atmen. Natürlich hat sich etwas Staub in den Tagen ihrer Abwesenheit niedergelassen, aber das allein reicht nicht als Erklärung für ihren Zustand. Sie steht noch einmal auf, um die Schlafzimmerfenster zu öffnen und greift danach im Bett wieder zu ihrem Buch.

Sie liest nicht lange, ist doch sehr müde, psychisch müde, wie sie das sicher beschreiben würde. Sie löscht das Licht und ist nach kurzer Zeit eingeschlafen.

Dirk erhält Besuch von der Kripo

Paul war für Dirk zu dessen Leidwesen nicht gerade das, was man Freund zu nennen pflegt, sie waren einst Nachbarn gewesen und eine Zeitlang auch Kollegen.

Dirk empfand es immer als besonders schwierig, mit Paul so etwas wie Vertrautheit unter Freunden zu erreichen. Er gab sich schließlich geschlagen und hatte mit der Einsicht zu leben, er brauche sich nicht mehr anzustrengen, es gelänge ihm nicht. So blieb Paul sein bester Kumpel. Das minderte nicht Dirks Wertschätzung, denn er hatte die Eigenschaft, tolerant zu sein. Damit gewann er mehr bei Paul, als wenn er verzweifelt weiterhin eine tiefergehende Freundschaft angepeilt hätte.

Dirk lebte in Leer wie Paul, war ungefähr im gleichen Alter, ein Mann wie viele, etwa 1,80 groß, etwas stämmig, aber durchaus nicht untersetzt. Er war im Gegensatz zu Paul der dunkle nordische Typ, den man in Ostfriesland häufiger findet, mit wachen blauen Augen und fast schwarzem Haar, leicht gelockt. Was die Haarfarbe betrifft, hat sich natürlich schon ein wenig Grau darüber gelegt, was Frauen interessant finden. Was Dirk fehlt, ist eine Art Ehrgeiz und Drive, wie es auf Neudeutsch heißt.

Er ist Single geblieben, sicher nicht freiwillig. Sein Phlegma steht dagegen, großartig um eine Frau zu werben, nur um später einen Kompromiss nach dem anderen einzugehen, wie er es an vielen Beispielen im Freundeskreis immer wieder zu hören und zu sehen bekam. Nicht, dass Dirk selbstsüchtig wäre, wie sich vermuten ließe, er ist ein zuverlässiger Freund und Kollege. Was ihn an Paul fasziniert, kann nicht einmal er selbst beschreiben. Aber irgendetwas muss es ja sein. Dirk, der an diesem Freitag im Mai gerade seine dritte Urlaubswoche faulenzend zuhause verbrachte, nachdem er zwei Wochen auf Norderney gewesen war, dachte schon mit Freude daran, dass er Paul bald wiedersehen würde.

Für einen Menschen, dem es im Norderneyer Trubel als Single gelungen war, sowohl die betrunkenen Touristen als auch die nicht gerade klein zu nennende Fan-Gemeinde hemdsärmeliger Promis und Proleten zu umschiffen, dabei aber auch nicht ganz auszutrocknen, für einen solchen Menschen lohnte es sich, auf den Kalender zu sehen, um sicher zu gehen, dass es sich nur noch um eine Woche handeln konnte bis zu Pauls Rückkehr. Dirks Wunsch war so stark, dass er in der Nacht sogar von Paul geträumt hatte.

Genau in diesem nur Sekunden dauernden Moment klingelte es an seiner Tür, sehr früh morgens, viel zu früh, um etwas Angenehmes zu überbringen, dachte er noch. Als Dirk die Tür öffnete, sah er vor sich einen Mann stehen, den er nicht kannte, der sich ohne Umschweife als Kriminalkommissar der Polizeiinspektion Emden/Leer auswies und den verdutzten Dirk übergangslos und ohne ihn nach seinem Namen zu fragen, über seine Beziehung zu Paul Hülsebus interviewen wollte.

Mit klopfendem Herzen bat er den Herrn in sein Wohnzimmer, in dem - Dirk schämte sich einen Moment lang - seine Bettcouch in voller Ausstattung mit aufgewühlten Kissen, davor ein Aschenbecher, der Fernseher in der Nähe, ein Reiseführer auf dem Teppichboden und ein Glas Wasser auf einen Blick erfasst werden konnten. Aber er besaß nun mal kein separates Schlafzimmer. Das hatte er zu seinem

Arbeitszimmer umfunktioniert. Seine Blicke folgten denen des Kommissars.

„Lassen Sie uns besser in die Küche gehen, das ist mir lieber." Dirk lächelte den Mann an, der offensichtlich auch im Wohnzimmer Platz genommen haben würde.

Der Mann nickte, und Dirk ging voran in seine aufgeräumte Küche. Das hielt er immer so, da er sein Wohnzimmer dem eigentlichen Zweck fast entfremdet hatte, auch wenn er an manchen Tagen doch einen Gast erwartete. Außerdem war er nicht so sehr auf private Nähe aus. Nur mit Paul hatte er sich das gewünscht.

Paul, hier ging es auch um Paul. Jetzt. Was war der Anlass des Besuchs? Er traute sich nicht zu fragen, sah den Mann, der sich inzwischen gesetzt hatte, fast ängstlich an. „Zeigen Sie mir bitte Ihren Personalausweis oder Pass, das ist egal. Ich gehe davon aus, dass Sie Dirk Dreesmann sind." Dirk nickte und verließ die Küche, kramte hörbar in Papieren, kam aber ziemlich schnell mit seinem Personalausweis zurück.

Ein Blick darauf genügte dem Kripo-Mann. Er legte das Dokument auf den Küchentisch.

„Darf ich Ihnen einen Kaffee, Tee oder Wasser anbieten?"

„Wasser gern, Herr Dreesmann. Es ist heute wieder ganz schön heiß. Und das in der zweiten Mai-Hälfte!"

Dirk wurde trotz der Freundlichkeit des nicht mehr jungen Kommissars nicht ruhiger, das Gegenteil war der Fall. Das Glas Wasser stellte er auf den Tisch. In aller Ruhe nahm indes der Mann einen Schluck, räusperte sich: „Es hat einige Zeit in Anspruch genommen, Sie als denjenigen zu finden, der Paul Hülsebus als ehemaliger Kollege bei der Firma Top-Design in Leer näher gekannt und auch später noch einen guten Kontakt zu ihm hatte. Ist das richtig so?"

Dirk sah ihm ängstlich in die Augen und nickte dabei.

„Wissen Sie etwas von seinen diesjährigen Urlaubsplänen?"

„Ja, er und seine Frau sind Ende April mit ihrem Wohnmobil aufgebrochen. Soweit ich informiert bin, haben sie im Kölner Süden einen Stellplatz gebucht. Dorthin fahren sie gern. Anna hat in Köln viele Jahre verbracht, auch noch nach dem Studium."

„Und Herr Hülsebus, wollte er auch gern dort hin?"

Dirk sah den Mann ziemlich erstaunt an: „Wie meinen Sie das denn?"

„Es hätte ja sein können, dass sie sich nicht einig geworden wären ..."

„Paul und Anna? Niemals! Sie stimmen in so vielen Dingen überein. Und außerdem fährt Paul einmal im Jahr auch allein mit dem Wohnmobil los. Das wollte er gern. Und sie hat nichts dagegen. Ihr Arbeitsplatz lässt es nicht zu, soviel Urlaub zu nehmen. Aber das ist kein Problem für die beiden. Sie sind sich fast immer einig."

‚Leg doch endlich los, raus mit der Sprache, was willst du von mir!' Dirk fluchte, er wurde ungeduldig. Das führte doch zu nichts, so ein Geplänkel. Er nahm all seinen Mut zusammen: "Warum sind Sie zu mir gekommen?"

„Wir haben von der Kripo Köln den Hinweis erhalten, dass sich seit Ende April auf dem Campingplatz in Köln-Rodenkirchen ein Wohnmobil befindet mit dem Kennzeichen LER

-PH1965, dessen Eigner ungefähr seit Mitte Mai, also seit knapp einer Woche, nicht mehr gesehen worden ist. Und man hat aus dem Rhein, ein paar Hundert Meter flussabwärts vom Campingplatz, eine männliche Leiche aus dem Wasser gefischt. Dieser Mann, der zuvor mit einem Paddelboot unterwegs war und offensichtlich nach Aussage einer Zeugin vom Sog eines Frachtschiffes erfasst wurde, muss gekentert und danach ertrunken sein. Es wird vermutet, dass es sich um Herrn Paul Hülsebus handelt. Er befindet sich in Oldenburg in der Pathologie des Klinikums."

Der Kommissar machte eine Pause, nahm einen Schluck Wasser und musterte das Zimmer.

Während der Mann erzählte, hatte Dirk es nicht vermocht, ihn anzusehen. Zu viele Bilder liefen vor ihm ab. Was ist mit Paul geschehen, wo ist Anna, seit wann haben sie ein Boot. Warum war er allein in dem Boot, wo er doch gar nicht schwimmen konnte?

Als Dirk endlich den Blick hob, traf er den des Mannes.

„Darf ich fortfahren, Sie und ich müssen noch einen Termin vereinbaren. Und vielleicht noch kurz über die Frau des Opfers sprechen. Ein Kölner Taxifahrer konnte berichten, dass er in der Nacht zuvor eine Frau auf deren Wunsch hin in die Stadt gefahren hatte. Da er sich an die Umstände erinnerte – der Mann blieb zurück und schien darüber gar nicht begeistert – ließ die Polizei ihn kommen. Er konnte auch den Platz, auf dem das Wohnmobil stand und wo er die Frau abgeholt hat, mühelos wiederfinden."

Dirk war zusammengezuckt. Was war mit Anna. Er hatte sie natürlich nicht gesehen, seit sie fortgefahren waren. Aber das war ja normal, da fast der gesamte Mai für die

Reise verplant gewesen war. „Was erwarten Sie von mir? Ich kann mir nicht vorstellen, dass Paul nicht mehr leben soll, und noch weniger begreife ich, dass Anna und er getrennte Wege gegangen sein sollen."

Der Kommissar stand auf, ging zum Fenster, sah kurz hinaus, drehte sich dann zu Dirk um.

„Ich bitte Sie, morgen mit mir ins Krankenhaus nach Oldenburg zu kommen. Es ist zurzeit niemand da, der Herrn Hülsebus identifizieren könnte und der ihn so gut kennt wie Sie. Wir können nicht länger warten, die Zeit drängt."

„Ist das ein Muss?"

Der Kommissar sah Dirk belustigt an. „Vielleicht ist es ja gar nicht Paul Hülsebus, wenn Sie Glück haben. Übrigens, kennen Sie Verwandte von Paul, die uns möglicherweise auch noch behilflich sein könnten?"

„Ich habe keinen Verwandten Pauls kennengelernt. Aber es gibt doch die Eltern Annas, die hier in Leer wohnen."

Der Kommissar wehrte ab: "Die sind auch in Urlaub, aber die Nachbarn wissen nicht, wohin sie geflogen sind. Hat Paul denn nie Verwandte erwähnt?"

Während er diese Worte hörte, überkam ihn ein Gefühl der Leere, die ließ ihn nach einer Ausrede suchen, er wehrte ab, was ihn im Innersten angreifen wollte, es war, als säße er nicht wirklich in seiner Küche mit diesem fremden Menschen, der ihn zu etwas überreden wollte, was er nicht verstand. Paul sollte sich in Oldenburg bei einem Pathologen aufhalten, unglaublich. Wer hatte ihn da hintransportiert und warum? Der Paul, den er kannte, ging mit Anna am Rhein spazieren, freute sich über die Freiheit, in der Natur sein zu dürfen, würde mit seiner Frau ein Eis essen gehen und in Köln ins Kino oder Theater gehen, weil ihm das gefiele.

Herausfordernd sah er den Kommissar an: „Nur, weil da ein Wohnmobil für ein paar Tage verlassen wurde, soll der Tote im Rhein mein Freund Paul sein? Was wird denn da konstruiert, nur um einem Ertrunkenen einen Namen geben zu können? Und, übrigens, Paul und Anna besitzen gar kein Paddelboot. Und noch eins: Paul kann gar nicht schwimmen. Was ist das also alles für ein Unfug! Hier in Leer fällt ab und zu jemand ins Hafenbecken und ertrinkt, oder schafft es mit seinem Pkw dort hinein, genau zwischen zwei Poller, gekonnt, was? Und in Emden, das wissen Sie besser als ich, da gibt es auch einige echte Verbrechen, und es dauert, bis man Täter und Opfer kennt."

Dann besann er sich: „Sie sagen, ich müsse mit Ihnen kommen zur Identifizierung? Soll ich nicht wenigstens versuchen, Anna zu finden, wenn sie doch nicht mehr in Köln sein sollte? Wo ist sie denn hin? Anna ist keine Rumtreiberin, damit Sie Bescheid wissen. Viele beneiden Paul um seine intelligente und hübsche Frau…"

Der Kommissar war klug genug, Dirk ausreden zu lassen. Er ging auf Dirk zu, fasste ihn leicht an der Schulter. „Glauben Sie mir, die Kollegen in Köln haben keine Spur von Frau Hülsebus, und hier in Leer an ihrer Adresse ist sie auch nicht. Es gab zwar jemanden, der gesehen haben will, dass sie mit einem Fahrrad auf dem Gelände des Campingplatzes herumfuhr. Aber die Zeitangaben waren sehr ungenau. Es gab eine Notiz im Kölner Stadtanzeiger über den Toten im Rhein, eine kleine Notiz, ohne Foto. Das lässt man bei Wasserleichen lieber, da sie unappetitlich aussehen können, häufig jedenfalls. Der Name war auch nicht voll ausgeschrieben, nur Paul H ..."

Dirk sprang auf. „Es reicht. Mein Gott, sind denn bei der Polizei alle so abgestumpft durch ihren Job! Paul ist mein Freund! Glauben Sie etwa, ich hätte Vergnügen daran, Ihren Gedankenspielen zu folgen? Machen Sie das lieber mit Ihren Kollegen!"

Sie standen sich gegenüber. Der Mann sah Dirk ernst an. „Entschuldigen Sie bitte, wenn ich Ihren Freunden etwas unterstellt haben sollte. Ich habe schon Fälle bearbeiten müssen, bei denen selbst mir schlecht wurde und ich nachts keinen Schlaf mehr fand. Meine Frau hat mir vor einigen Jahren die Pistole auf die Brust gesetzt und von mir gefordert, den Beruf zu wechseln, weil sie von dem ganzen Grauen, das ich in unsere Wohnung schleppte, nichts mehr hören wollte, was sie mir schon öfter gesagt hatte, woran ich mich aber nicht halten konnte."

Dirk nickte: "Kann ich verstehen. Und, wie ging das aus?"

Der Mann ging auf die Tür zu, Dirk folgte ihm, der Mann stand im Flur der kleinen Wohnung, er war verunsichert, blieb vor dem langen schmalen Spiegel stehen, deutete auf seine Uniform. „Sie sehen doch, ich trage sie noch."

„Verstehe, das tut mir leid."

Der Kommissar atmete tief ein und aus, sah Dirk an. „Kommen Sie bitte morgen an diese Adresse." Er zog eine Visitenkarte aus der Tasche und reichte sie Dirk. „Könnten wir vielleicht gemeinsam fahren, dass heißt, ich mit Ihnen? Mein Wagen ist nicht durch den TÜV gekommen, und mit dem Zug ist das doch sehr umständlich. Geht das denn überhaupt morgen? Morgen ist Sonnabend, haben Sie sich nicht geirrt?" Der Kommissar war endlich wieder normal, lachte ein wenig über Dirks Frage. „In Fällen, die zügig bearbeitet werden müssen, ist die Pathologie auch mal schneller als wir glauben. Aber ich kann Sie gern abholen."

Er schien kurz zu rechnen. „Wir müssen um halb zehn in Oldenburg sein. Da bin ich am besten schon gegen acht Uhr hier, Wochenendverkehr und so. Abgemacht?"

Dirk gab ihm die Hand. „Ich werde auf Sie warten."

Als er wieder allein war, ging er ziellos von einem Raum in den anderen. Was konnte da geschehen sein? Aber insgeheim mochte er nicht glauben, dass es sich um Paul handelte. Seine Gedanken gingen in eine andere Richtung. Er machte sich noch einen Kaffee. Der Mann war doch fast eine Stunde bei ihm gewesen, der arme Kerl. Er bedauerte den Kommissar, der jetzt Junggeselle war wie er. Vielleicht machte ihm die Arbeit in Wirklichkeit auch keinen Spaß mehr. Immerhin hatte sie die Ehe ruiniert. Was für ein Preis, dachte Dirk, mitleidend.

Es war noch nicht einmal Mittag.

‚Ich gehe jetzt ins Bett. Ich will nicht mehr darüber nachdenken, ändern kann ich nichts, ich muss abwarten und mit klaren Augen sehen, was ich sehen muss. Niemand kann mir das abnehmen. Aber wo ist Anna? Wo um alles in der Welt steckt Anna? Was ist das Geheimnis um sie? Oder gibt es vielleicht gar keines? Ein Irrtum, eine Verwechslung, eine Verschwörung. Und das mit Paul, mit dem netten, ja manchmal naiven Paul, der mit jedem auf seine Art gut auskommt. Was soll mit ihm sein? Er ist im Urlaub mal vom Campingplatz gegangen, sicher mit Anna, ein Mann ist ertrunken, und schon ist alles ganz klar auf der Welt. Es muss Paul sein, der Tote ist Paul. Und Anna weiß von nichts? Unglaublich dumm, eine solche Konstellation sich auszudenken. Das kann doch nur ein Beamter sein, der vom realen Leben keinen Schimmer hat.'

Während Dirk sich im Bad schlafbereit gemacht hatte, fand dieser Monolog statt. Müde war er beileibe nicht mehr. Dann zog dieser entrüstete Mann seinen Pyjama an und verschwand unter der Bettdecke, die er aber alsbald wieder von sich warf, wegen der Hitze im Mai und wegen seiner Gedanken, die ihn doch nicht einschlafen lassen wollten.

„Ich steh' auf und trink' noch ein Bier", sagte er laut zu sich selbst und stand tatsächlich auf, öffnete mit einem auf dem Couchtisch liegenden Flaschenöffner das Jever Pils, dachte, es sei doch ziemlich bitter, aber er habe kein Weizen mehr im Kühlschrank und trank es mit einer Grimasse aus, die mehr von Unbehagen als von Genuss zeugte. Er legte sich erneut auf die Schlafcouch, sah in den Sternenhimmel, der sich immer noch nicht ankündigen wollte, rief sich in Erinnerung, dass es ja noch früh am Tag war, machte sich nichts daraus, die Welt war sowieso durcheinander geraten, jedenfalls seine Welt.

Er erwachte erst, als seine Blase ihm das Signal gab, er müsse aufstehen und eine bestimmte Aufgabe erfüllen, wollte er sich nicht vor sich selbst blamieren und als Bettnässer in diesem Alter ertappt werden.

„Morgen Nachmittag gehe ich zu Anna. Wenn das alles stimmt, was dieser Kripomann gesagt hat, müsste sie doch wieder nach Hause gekommen sein", resümierte Dirk. Seine Uhr zeigte die 16. Stunde dieses Freitags.

‚Wenn ich mich beeile, komme ich noch rechtzeitig ins Kino', dachte er und fand diese Idee gut dafür, sich ablenken zu lassen und seiner Phantasie keinen Raum mehr zu geben an diesem Abend.

In Leer gibt es ein Kinogebäude mit mehreren Sälen. Dirk kaufte sich nach alter Gewohnheit eine Tüte Popcorn und eine Flasche Bier. Dann sah er sich die ausgestellten Fotos an und entschied sich für „Vom Ordnen der Dinge." Den Titel fand er langweilig, der Film war es vielleicht auch, aber was wusste er schon von den anderen angebotenen Filmen. Außerdem, er hatte jetzt gewählt und das galt.

Er sah sich um, vielleicht einen Bekannten zu sehen, aber es waren die älteren Semester, die um diese Zeit ins Kino gingen. Wenn er es genau nehmen würde, müsste er sich zu eben diesem Mittelalter zugehörig fühlen. Stattdessen hatte er begonnen, mit seiner Generation zu hadern. Materiell hatten sie alles erreicht, auch waren die meisten in Familie eingebunden. Beides war Dirk fremd geblieben. Oft schon hatte er darüber sinniert, was bei ihm anders war. Äußerlich unterschied er sich nicht von seiner Altersgruppe, die auch durchaus nicht homogen war, sondern je nach Gesellschaftsschicht um mehrere Grade voneinander abwich.

Was war der Grund dafür gewesen, dass er heute so dastand mit nichts auf dem Konto, ohne Frau und Kind, nur mit einem Beruf, der ihn noch nicht einmal daran hinderte, unglücklich zu sein. Reichte das Anpreisen und Verkaufen von Designer-Handys, um sich fürs Leben zu rechtfertigen und einen Sinn gefunden zu haben? Was wollte er also, fragte er sich des Öfteren. Aufgehen in einem solchen Beruf, sein Herz daran hängen etwa, er hätte genauso gut auf einem Marktstand Bohnen anbieten können. Vielleicht wäre das interessanter gewesen, und sein Bekanntenkreis wäre heute ein anderer. Doch nun saß er auf einem roten Plüschsessel und wartete auf den Film. Überall saßen sie und knusperten an ihrem Popcorn, das Licht ging aus, eine junge Frau versuchte noch Getränke loszuwerden, mit wenig Erfolg, fand Dirk.

Auf die Werbung wollte er gern verzichten. Er schloss die Augen, atmete still vor sich hin und schon schob sich Pauls Gesicht sehr groß und still und freundlich vor seine Augen. Ein Mann begehrte einen Platz neben Dirk, musste an dem vorbei, Dirk stand auf und Paul war weg. Der Film begann.

Dirks lange Nacht zum schwersten Tag

Vom Ordnen der Dinge. Wie langweilig das geklungen hatte. Jetzt saß Dirk hellwach auf seiner Schlafcouch. Er fragte sich einigermaßen selbstkritisch, ob er auch so ein Ordnungstyp sei oder ob vielleicht sogar einer seiner Freunde insgeheim bereit war, ihn, Dirk, mit diesem Namen zu belegen.

Er gab zu, manchmal daran gedacht zu haben, eine Art Statistik zu führen über einige seiner Gewohnheiten, von denen er an manchen Tag gern befreit gewesen wäre. Dazu gehörte das regelmäßig nach der Arbeit genehmigte Bier, aber auch das fast tägliche Nachdenken darüber, warum es jeden Tag sein musste, dass er morgens zur Zahnbürste griff und das langweilige Zähneputzen stets nach denselben Regeln stattfand.

Dann aber befand Dirk, dass er nicht zu diesen Leuten gehören konnte, da er ja immerhin noch in der Lage war, sich selbst kritisch zu betrachten. Und wenn nun auch das ein Zeichen war für eine ausgeprägte Ordnungsliebe, ja, dann sollte er lieber nicht den Gedanken weiter verfolgen. Man verfing sich so leicht im selbst aufgestellten Netz, dachte er.

Einmal hatte er begonnen, seine Zahnputzaktionen ab dem vierten Lebensjahr, als seine Eltern ihn mit einer der wichtigsten Hygieneregeln erstmalig bekannt gemacht hatten (nach ihren eigenen Erzählungen), mit der grob gerechnet zweimal täglichen Pflege bis zu seinem damals 30. Jahr auszurechnen. Diese Berechnung blieb die einzige, obwohl Dirk manches Mal in den Folgejahren versucht gewesen war, eine Fortschreibung durchzuführen. Glücklicherweise hatte er dem Drang widerstanden. An die Stelle dieses Rechenexempels war dann die Berechnung derjenigen Zeiten getreten, die er mit dem Pkw durchschnittlich auf Straßen und Autobahnen während eines Jahres verbrachte.

Ohne sich an die damals zustande gekommenen Ergebnisse zu erinnern, war ihm jedoch die Summe der Tage (zu 12 Stunden gerechnet) immens hoch vorgekommen. Einfach nur so hinter dem Steuerrad zu sitzen, mehr oder weniger bewegungslos, vielleicht Kaugummi kauend und damit eben doch nicht so ganz steif und starr durch die Gegend zu fahren, mit einem Ziel versteht sich, aber doch eine Zeit ohne Sinn und Verstand, die weder seiner Figur noch seinen Beinen gut getan hatte.

Wie das so ist bei Menschen, die sich als normal bezeichneten, weil sie sich dafür hielten, gab er diesen Berechnungen in späteren Jahren keinen Raum mehr. Sonst hätte er vielleicht noch den Drang verspürt, die Zeiten, die er für die Berechnungen aufgewendet hatte, auch zu einer Statistik verkommen zu lassen.

Im Film hatte er gesehen, wie ein Mann auf einem öffentlichen Parkplatz herumlief und ohne zu fragen jedem er-, zählte, dass von 80 Pkw, die hier eingeparkt waren, bei 60 die Regelverletzung begangen worden sei, den vorgesehenen Parkraum nicht optimal zu nutzen. Nachbarn konnten die Fahrertür nicht öffnen und mussten warten, bis der betreffende Fahrer zurückkam von seinen Einkäufen, zum Beispiel. Und man dürfe noch nicht einmal Kritik üben, sondern habe sich in Geduld zu fassen. Es könne auch noch eskalieren, indem man angesprochen würde, warum man nicht durch die Beifahrertür das eigene Fahrzeug geentert habe. Und dann zusätzlich noch ein Blick auf den Bauch, den man auch durch Luftanhalten nicht dauerhaft würde verkleinern können.

Als Dirk bewusst wurde, dass er gerade wieder eine dumme Spirale zum Leben erweckte, ging er rasch zum Kühlschrank und entnahm eine Flasche Bier, und weil der folgende Tag, der Samstag, so bedrängend schrecklich werden würde, schenkte er sich zum Trost einen Klaren dazu ein.

Das Fernsehprogramm gab nichts Besonderes her. Ein Buch war zurzeit bei Dirk nicht zu sehen. Sein Urlaub ging bald zu Ende. Ja, sein Urlaub! Was hatte er daraus gemacht all die Jahre, seit er sein Elternhaus verlassen hatte. Arbeiten, arbeiten, schlafen, Fußball spielen, schwimmen, tanzen mit Mädchen, später mit älteren Frauen in Discos, die allein wie er an der Bar herumstanden und die Tanzenden betrachteten. Da traute er sich.

Der Aufenthalt auf seiner Couch und der Anblick der einladend daliegenden Kissen mit dem Bettzeug brachte ihn wieder in die Versuchung, sich schlafen zu legen. Er stellte den Wecker, er hatte sich die Uhrzeit für seinen Aufbruch in die Pathologie der Oldenburger Klinik gemerkt, acht Uhr. Von Müdigkeit war keine Spur in seinem Körper, sein Geist beschäftigte sich mit belanglosen Dingen. Aber nicht lange.

‚Und wenn ich einfach morgen früh nicht öffne, was geschieht dann?' Dirk sah wieder Pauls Augen vor sich. Er schenkte sich einen weiteren Schnaps ein. ‚Mensch, Paul, was hast du gemacht? Die erzählen hier einen Scheiß, du wärst ertrunken. Und du sollst mit einem Boot unterwegs gewesen sein. Du besitzt ein Boot? Das ist das Neueste, was ich höre. Und Anna ist nicht bei dir? Selten habe ich einen ähnlichen Blödsinn gehört. Ich soll morgen jemanden identifizieren, und das sollst du sein. Als Wasserleiche, he? Paul, mein Urlaub ist fast vorbei und deiner auch. Wir sehen uns bald, die können mich mal. Ich muss eben mein Telefon holen. Ich rufe dich gleich an, warte noch auf mich. Das ist das Beste, wenn ich Klarheit habe. Wir können uns schon verabreden, wenn du willst.'

Dirk steht auf und geht zum Telefon. Er hat Kurzwahlen für seine Freunde eingerichtet. Das ist besonders gut in dem Fall, in dem er mit den Fingern nicht mehr so zielgenau ist, wie jetzt auch. Er drückt die 7 und lauscht, hört das Freizeichen, eine lange Zeit, viel zu lang, verstreicht.

„Verwählt haben kann ich mich kaum, das wäre neu. Und so viel habe ich auch nicht getrunken. Ich muss mein Telefonbuch dabei haben." Dirk sucht es unter einem Stapel Wäsche, findet es auch, sieht nach, vergleicht die Nummern. „Stimmt genau, die war doch richtig. Ich sag' es ja."

Er setzt sich wieder, macht es sich gemütlich und wählt von neuem. „Wieder nur Freizeichen. Was soll das", sagt er. „Ich möchte mit Paul sprechen. Ich kann doch nicht einfach in diese Klinik fahren und ernsthaft daran glauben, dass da auf einer Bahre mein lieber Paul liegt. Das ist total absurd. Aber warum hast du keine Sprachbox, alter Knabe? So geht das doch nicht!"

Er verlässt sein Kissensofa, stellt den Fernseher an, dann schnell wieder aus, nimmt den Wecker. „Eine halbe Stunde gebe ich mir, dann rufe ich Anna an. Einer von euch muss doch da sein. Ihr seid sonst immer so zuverlässig. Und ich freue mich aufs Wiedersehen, das wisst ihr hoffentlich noch." „Ich kann mir ja schon mal die Zähne putzen, trinke jetzt ja nichts mehr." Als er die Zahnbürste aus dem Glas nimmt, sieht er in den Spiegel und zieht eine

Grimasse. „Nee, ich fange nicht wieder mit einer Statistik übers Zähneputzen an. Das ist Schnee von gestern. Hat zu nichts geführt. Reine Selbstüberwachung. Ich habe diesen Zwang schon lange abgeschüttelt und will auch nicht mehr in diese Ecke zurück."

Er gurgelt, versucht lange durchzuhalten, schluckt Wasser, was ihm nicht gefällt, spuckt es ins Waschbecken. Er wischt sich mit dem Handrücken über den Mund, sieht sich im Spiegel an. „Bin ich das wirklich? Vor einer so wichtigen Entscheidung. Ehrlich gesagt, hab' ich Angst."

Zurück im Wohnzimmer, nimmt er das Telefon auf, eine kurze Wahl, er zählt, eins, zwei, drei, vier, fünf, Annas Stimme, wenigstens das, er freut sich, ist aber gleichzeitig traurig, dass er auch Anna nicht sprechen kann.

„Dann lege ich mich eben hin." Er kuschelt sich in seine Kissen und schnarcht leise vor sich hin, sehr dezent, wenn man seinen Alkoholpegel berücksichtigt. Er vergisst das Licht auszumachen, das scheint ihn nicht zu beeinträchtigen.

Als plötzlich in die Stille sein Wecker rasselt, springt er auf, weiß nicht, was los ist, sieht sich um, haut den Handballen auf den Wecker und löscht das Licht, legt sich wieder und murmelt etwas wie ‚Ich muss doch schon bald wieder fit sein, ab nach Oldenburg. So toll ist die Stadt nun auch wieder nicht. Gute Nacht, Freunde!'

Als es an der Haustür klingelt, reagiert er zunächst nicht, erst nach zwei Wiederholungen und lautem Klopfen an die Wohnungstür stürzt er aus dem Bett in seinen Flur. Als er die Tür ruckartig öffnet, lacht ihm ein Mann entgegen, den er schon einmal gesehen haben muss. „Komm, wir müssen fahren, schnell anziehen, alles andere ist jetzt doch unwichtig."

„Ja, ich bin gleich soweit." Dirk weiß, dass er muss, will aber nicht. „Können wir das nicht einfach verschieben?"

„Geht leider nicht, jetzt, da ich Sie gefunden habe, müssen wir das auch zu Ende bringen."

Dirk schlüpft in seine Jacke, der Mann hilft ihm, das Ärmelloch zu finden. Es klappt. Er fasst ihn nett, aber fest am Arm, als wolle er ihn abführen. Dirk findet das gar nicht lustig.

„Ich komme ja schon mit!" Dirk mault, aber nicht, weil er müde ist, sondern weil er Angst hat, verdammt viel Angst. Und die wird ab jetzt mit jedem Kilometer noch weiter zunehmen. Im Auto kauert er auf dem Beifahrersitz, dass er dem Kripomann fast Leid tut. Nein, nicht fast, er tut ihm leid.

Dirk spürt, wie sich eine Hand kurz auf sein linkes Knie legt, die Stelle wird warm. Er ist dankbar für diese tröstende Geste.

Dirks bisher schwerster Tag

Entgegen den Erwartungen der beiden Männer verlief die Fahrt nach Oldenburg ruhig. Zu ruhig, fand Dirk, denn so wurde für ihn die Zeit lang und länger.

Der Kripomann war ja im Dienst und es stand ihm nicht zu, mit Dirk D. ein intimes Gespräch zu führen. Er hatte sich zwar schon über eine Vorschrift hinweggesetzt, als er diesen zuhause abholte und ihn in seinem Wagen beförderte. Dazu war er aus versicherungstechnischen Gründen nicht berechtigt. Doch das kümmerte den Polizisten überhaupt nicht. Er konnte sich gut vorstellen, was in Dirks Kopf alles vor sich ging. Außerdem war der Mann Junggeselle wie er. Bei der Polizei im Dienst zu sein hieß oft, eigene Emotionen hintenan zu stellen. Das lernte man, und wer das nicht beherrschte, lief Gefahr, den Job zu verlieren. Kollegen - und es waren oft die besten - hatten sich das schon anhören müssen.

Was für einen Zivilisten eine freiwillige Angelegenheit war, nämlich Empathie zu entwickeln, konnte für einen Polizisten sehr hinderlich sein und eben auch gefährlich, weil er dann im Sinne seines Arbeitgebers unberechenbar war.

Dirk hätte gern mit dem Mann hinterm Steuerrad gesprochen. Ihm lag so einiges auf der Seele. Aber er spürte, dass der Kommissar es bewusst verhinderte. Er fing ab und zu einen Seitenblick auf, der ihm vorkam wie eine Ermunterung. ‚Mach dir nicht so viele Gedanken, so schlimm, wie es sich anfühlt, ist es nicht.' Dafür war Dirk nicht nur empfänglich, sondern auch dankbar. Obwohl er es nicht wollte, schlich sich doch eine Frage aus seinem Mund, die lautete: „Wie riecht es eigentlich in der Pathologie? Ist das so wie in den Krimis, dass man sich dagegen schützt, oder wie muss ich mir das vorstellen?" Ohne zur Seite zu blicken, gab der Kripo-Mann Antwort: „Ich war nicht oft dabei, aber man sagt, ohne Mund- und Nasenschutz sollte keiner dort hineingehen, vor allen Dingen nicht bei Wasserleichen. Aber angeblich weiß kaum jemand vorher, wie er reagieren wird. Die genetische Ausstattung eines jeden soll eine große Rolle spielen bei Geruchswahrnehmungen und der Unterscheidung von angenehmen und unangenehmen Gerüchen. Vielleicht hast du ja Glück. Versuch' ganz sachlich an deine Aufgabe heranzugehen, auch wenn du das jetzt von mir nicht gern hörst. Aber wenn es wirklich dein Freund ist, den du dort liegen siehst, kann es sein, dass dein Geruchssinn zum Teil überlagert wird von Emotionen. Nimm es so, wie es kommt, mein Lieber."

Dirk nickte. „Hoffentlich geht das gut!"

Als sie auf den Parkplatz der Klinik fuhren, spürte Dirk den Rest seines Mutes schwinden. Er hielt sich dicht an seinen Kommissar. Der meldete sie beide an. Nur kurz saßen sie im Warteraum, dann öffnete sich die Tür. Dirk als Zivilist wurde namentlich begrüßt. Der Raum war groß und hell von Tageslicht, zusätzlich gab es künstliche Beleuchtung. Hohe, helle Schränke mit Schubfächern, wohin man sah, zwei Waschbecken, eine Wanne, eine Dusche, Spiegel und die bekannten schmalen Liegen mit weißen Laken, unter denen Dirk unschwer Körperformen entdeckte.

Der zuständige Mediziner hielt eine Akte in der Hand, fragte Dirk noch einmal nach Namen und Anschrift und in welcher Beziehung er zu dem Toten stehe. „Freund", flüsterte Dirk mit klopfendem Herzen. Der Kommissar blieb in seiner Nähe, was Dirk gut tat.

„Treten Sie ruhig etwas näher heran, Herr Dreesmann", bat ihn der Pathologe. „Ich entferne jetzt das Tuch und Sie sagen mir bitte, ob es sich um Herrn Paul Hülsebus handelt, den Sie hier vor sich sehen."

Dirk nickte ein wenig. Langsam zog der Mann das weiße Leinentuch zurück, Stück für Stück ein wenig weiter. Aber schon, als Dirk nur das Gesicht des Mannes sah, den er gern zum Freund gehabt hätte, war ihm klar, dass es sich um Paul handelte, und der war nun tot.

„Darf ich ihn berühren?" Dirk fuhr mit dem rechten Handrücken über Pauls linke Wange, zweimal, dreimal, ganz sanft. Dirk schluckte, er hatte einen Kloß im Hals. Der Pathologe hatte Pauls Körper bis zur Brust entblößt und Dirk war fast soweit gewesen, den Mann daran zu hindern, Paul weiter aufzudecken. Dann stutzte er einen Moment, als er das Tattoo sah, das sich - nur ein paar Zentimeter groß - auf Pauls rechtem Oberarm innen zeigte. Dirks Blick wanderte wieder zu Pauls Gesicht, friedlich, ein wenig blass, faltenlos.

Dirk scheute sich nicht tief ein- und auszuatmen. Der Kommissar sah ihn von der Seite an, das spürte er, und er spürte auch, wie dieser Mann seine Hand ergriff und festhielt. Den Blick zwischen dem Pathologen und dem Polizisten sah Dirk nicht. Der Pathologe wandte sich nach einer weiteren kurzen Pause an Dirk: "Ist das Herr Paul Hülsebus, Herr Dreesmann?" Leise bestätigte Dirk das. Der Pathologe trug etwas in sein Papier ein, gab es weiter an Dirk und den Polizisten zur Bestätigung durch Unterschrift. Dann zog er das weiße Laken wieder ganz über Pauls Körper. Dirk bat den Arzt, das Gesicht noch einmal sehen zu dürfen, und wenn es möglich wäre, ihn allein zu lassen mit dem Toten, nur für einen Augenblick. „Alleinlassen darf ich Sie nicht mit ihm, aber wir gehen schon mal zur Tür." Er zog er das Laken langsam zurück, bis das Antlitz des Toten wieder vollständig sichtbar war.

Während der Mediziner und der Kommissar auf die Tür zugingen und dort stehen blieben, verharrte Dirk an Pauls Seite. Aber gegen Dirks Erwartung kam keine Träne, keine Emotion zeigte sich mehr. Alles um Paul war von einer Ruhe, die Dirk festnagelte und jede Regung verhinderte. Es war ihm nicht unangenehm, er genoss die Nähe zu Paul, die er so oft gesucht hatte und eben auch so manches Mal vergeblich. Er wusste, er hatte jetzt die Möglichkeit, sich von Paul zu verabschieden. Was konnte er mehr tun, als diesen Mann in seinem Herzen zu bewahren, diesen fremden und doch vertrauten Menschen.

Dirk bedeckte Pauls Gesicht wieder vorsichtig und sah dort hin, wo er die beiden Männer vermutete, ging auf sie zu. „Danke" war alles, was er noch zu sagen hatte.

Als er zu dem Kommissar in den Wagen stieg, fragte er ihn, ob er Zeit hätte, irgendwo einen Kaffee zu trinken. Das sei eine gute Idee, hörte er den Mann sagen. Da dieser sich ein wenig in Oldenburg auskannte, saßen sie bald in einem netten Café und sprachen über Gott und die Welt.

Als sie sich vor Dirks Haus ein paar Stunden später trennten, vereinbarten sie, sich in Kürze in Leer zu treffen. Oder auch in Emden.

Dirk allein zu Hause

Als Dirk seine Wohnung betritt, begrüßt ihn sein eigenes Chaos, dem er am Morgen entstiegen war. Seit langer Zeit gelingt es ihm heute mal wieder, seinen und den Zustand seiner Behausung kritisch zu betrachten. ‚Was für ein Leben habe ich', denkt Dirk. ‚Und wie schön war es heute mit dem Kommissar!'

„Ha", lacht Dirk sich selbst aus, „der Trick zieht nicht mehr. Einfach das Thema auszublenden, um das es geht. Und es geht mal nicht um mich, sondern um Paul."

Abends ist es etwas kühl, und so kann Dirk auf seinen kleinen Balkon gehen und dort auch tatsächlich noch einige Flaschen kühlen Bieres finden. Eine öffnet er, bleibt aber stehen, macht es sich nicht gemütlich auf der Couch, die ihn nicht einlädt wie tags zuvor, sondern abstößt. Jetzt läuft er wie ein Löwe in einem zu engen Käfig, immer hin und her, hin und zurück, kleine Schritte, größere Schritte.

‚So wie heute habe ich Paul nie zuvor gesehen, ich meine, so ganz still und gleichgültig. Er war zwar selten laut, da musste er sich schon eine lange Zeit geärgert haben, bis es dazu kam. Und dann war der Anlass meistens auch völlig unverständlich oder nichtig, kann ich behaupten, und trotzdem war Paul in jenen Augenblicken derart gereizt, dass er nach einem von ihm laut gesprochenen Satz seine Sachen packte und einfach verschwand. Niemand wagte es dann, ihn aufzuhalten. Aber zu verstehen, was in ihm vorging, das schaffte auch keiner.' „Mein lieber Paul", Dirk hebt die Flasche ein wenig in die Höhe, „wie gern würde ich dieses Bier mit dir teilen. Das haben wir zwei viel zu selten getan." Er stellt die Flasche auf dem Couchtisch ab, zieht ein Taschentuch aus seiner Hosentasche (er benutzt noch Stofftaschentücher) und reibt sich mit einem Zipfel davon die Augen, dass sie rot werden. Er schnieft zweimal kräftig, steckt das Tuch wieder weg und setzt sich nun doch auf sein Couch-Bett.

Lange hält er das nicht aus, er braucht Halt, ist plötzlich müde, eine Lehne, eine Stütze muss her. Auf seiner Couch liegt er normalerweise lang gestreckt wie auf einem Bett, zu dieser Stunde will er die Couch aber noch nicht als Bett nutzen. Er fühlt, dass seine Müdigkeit durch die Aufregungen an diesem Tag entstanden ist. Also setzt er sich auf sein Bettzeug, lehnt sich an und legt die Füße auf eine Ecke des Couchtisches.

„Was für ein Tag", Dirk schüttelt den Kopf, nimmt einen Schluck aus der Flasche. Er sieht Pauls Gesicht, will nicht glauben, was er gesehen hat. ‚Paul kann nicht tot sein', denkt er, ‚mit fünfzig zu sterben, ist gemein. Und wieso war er im Wasser, angeblich soll er in einen Strudel geraten sein und darin untergegangen. Das Boot treibt einfach so mit der Strömung rheinabwärts Richtung Niederlande und wird bei der Suche entdeckt. Wer sagt, dass das Pauls Boot ist, wer weiß überhaupt Details über ein Boot, das Paul besessen haben soll, und wo ist Anna? Das ist alles so ohne jede Logik.'

Er ist gerade dabei, sich festzubeißen an dem Gedanken, dass das mit der Realität nichts zu tun haben kann. Es klingt plausibel im Ablauf, aber die Voraussetzungen für ein solches Schicksal sieht er bei Paul nicht. Für Spektakuläres ist kein Platz in Pauls Leben, und schon gar nicht in seinem Tod. Mehr weiß Dirk nicht, kein Wunder, es gibt keine Fakten, und wenn dann auch noch die Polizei froh ist, diesen Fall so schnell und gründlich geklärt zu sehen, wer sollte da noch Fragen stellen. ‚Fragen stellen, Fragen stellen', denkt er, ‚ich hätte da noch ein paar Fragen.'

Er nimmt erst einen großen Schluck aus der Bierflasche, dann die Füße vom Tisch und sitzt nun aufrecht.

‚Ich hätte da noch eine Frage. Aber an wen? Eigentlich nur an Anna, aber wo steckt sie? Ich muss sie ausfindig machen!'

Paul kauft ein Flugticket in Köln

Das Hotel IBIS ist einerseits für Paul genau das, was er braucht: es liegt zentral, er hat alles in der Nähe, um sich abzulenken. Andererseits lebt er so in einem übersichtlichen Bereich, bestehend aus einem kleinen Apartment mit Teeküche, kleinem Wohn-Schlafraum und sauberem Badezimmer. Es fehlt ein Balkon.

Die wenigen Gegenstände, die Paul bei sich hatte bei seiner Ankunft, hat er inzwischen erweitert um Toilette-Artikel, Unterwäsche, Hemden, Sommerhosen, Bücher, Schreibpapier, Kugelschreiber, Badeschuhe, Sandalen, um eine kleine Digitalkamera, ein leichtes Schlafmittel und um eine Reisetasche zur Unterbringung dieser Schätze. Sein Fahrrad hat er abstellen dürfen in einer kleinen Besenkammer im Parterre. Niemand wunderte sich über dieses Anliegen.

Da Paul sich sein kleines Frühstück mit Kaffee selbst zubereitet, hat er die notwendigen Zutaten als Vorräte besorgt und den Minikühlschrank ordentlich bestückt.

Wer sich in seiner Abwesenheit Pauls Apartment ansehen würde, hätte nicht den Eindruck, dass es bewohnt ist. Ein Blick in Schränke, Schubladen und auf Regale ergäbe ein Bild schönster Ordnung und führte zu dem Gefühl, keiner der Gegenstände sei jemals in Gebrauch gewesen. Handelte es sich um ein Museum, würde niemand erstaunt sein. In Pauls Räumen fehlten dazu lediglich die in unbewohnten Zimmern üblichen Staubkörnchen auf den Dingen. Für Paul musste seine kleine Welt jedoch höchst geordnet sein. Jedes Mal beim Verlassen des Hauses grüßt er freundlich das Personal, wenn er gerade daran denkt, dass es üblich ist, so etwas zu tun. Es ist ihm bisher mehrmals bewusst geworden, was Anna ihm an scheinbar wichtigen, für Paul allerdings überflüssigen Verrichtungen Tag für Tag abgenommen hat. Und doch war vieles um einiges einfacher in ihrer Begleitung, das weiß er jetzt.

Das Hotelpersonal ist nett zu diesem unauffälligen Herrn, obwohl bisher noch kein Trinkgeld angefallen ist. Natürlich wird in vertrautem Kreise spekuliert, warum dieser Herr, der so gar nicht als Köln-Tourist einzuordnen ist, im Hotel wohnt. Auch der übliche Bericht der Putzfrau bleibt aus, so dass es kein Mosaiksteinchen gibt, aufgrund dessen dieser Gast in eine der Schubladen zu stecken wäre, von denen es einige gibt.

Lediglich sein zu jeder Tageszeit aufgeräumtes Apartment lässt Fragen und gegebenenfalls Untersuchungen vor Ort als notwendig erachten. Absprachen darüber bestehen bisher nicht, dafür ist es zu früh. Dieser Mann ist bestimmt kein Verbrecher, und nur bei einem derartigen Verdacht würde mit mehr Interesse und Sorgfalt operiert werden müssen.

Paul, der in diesen Tagen erstmals verspürt, wie einsam er ohne Anna ist, staunt, dass es über die für ihn normale Form der Einsamkeit hinaus mindestens noch eine zweite, stärkere gibt, die er bisher nicht erlebt hat. Da es für ihn wichtig ist, einer Sache auf den Grund zu gehen, ergibt sich eine Reihe von Fragen.

In den vergangenen Jahren hat er sich nie vorstellen müssen, was es bedeuten würde, ohne Anna zu leben, doch wird er jetzt dieser Frage nicht ausweichen können. Paul kennt seine Einsamkeit, die ihn seit Jahren begleitet. Sie ist von großer Bedeutung und selbst gewählt. Aber Anna ist Teil seines Lebens, ein wichtiger sogar. Das erste Wochenende im Hotel hat Paul mit viel Schlaf verbracht und tags darauf, als die Menschen wieder ihren Beschäftigungen nachgehen, ist Paul relativ ruhig durch die Hohe Straße gegangen, um seine Einkäufe zu erledigen.

Er will nicht ins Nichtstun verfallen, das steht fest. Er benötigt Zeit für die Bewertung der neuen Lebenssituation, von der er nichts weiter weiß, als dass sie bereits begonnen haben muss. Denn sonst wäre er mit Anna auf dem Campingplatz, wie in den Jahren zuvor.

Immer wieder sieht er das Bild vor Augen, als Anna ins Taxi steigt und ihm sehr lange zuwinkt, soweit er das im Dunkel der Nacht in dem sich entfernenden Fahrzeug erkennen konnte.

Das Gefühl, das ihn in jener Nacht überkam, war das der Unwirklichkeit, vergleichbar einer Sequenz aus einem Film, der er interessiert gefolgt ist, jedoch mit Abstand.

Wie er seine Situation in der zurückliegenden Woche auch beleuchtet hat, Paul versteht diesen Bruch in seinem Leben nicht. Aber noch schlimmer ist für ihn, dass seine Routine im Tagesablauf erst einmal wiedergefunden werden muss. Darüber gerät er zurzeit leicht in Unruhe, die er nicht mag.

Natürlich kann er sein berufliches Umfeld hier neu aufbauen, Leer links oder besser gesagt nördlich liegenlassen. Es bedarf lediglich einer zusätzlichen Vereinbarung mit der Zentrale, um hier in Köln, immerhin eine von nur vier echten deutschen Großstädten, seine Produkte anzubieten, sich einen Händlerkreis auszuwählen. Das wäre gar kein Problem. Doch allein dieser Gedanke daran löst bei Paul regelrechte Panik aus. Er findet weder gedanklich noch gefühlsmäßig einen Halt, ist nur Teil einer getriebenen Masse, hilflos und ziellos auf etwas zusteuernd, das er nicht benennen kann. Kein Rettungsanker in Sicht, kein Signal, das auf Grün steht, nur flackernde Lampen, die ihm nicht erlauben, seine Richtung zu finden oder einen Ausgangspunkt, der es ihm erlaubt, zielgerichtet zu starten.

Am Sonntag, nach einer Woche im Hotel, kommt er bei fortgeschrittener Dämmerung von einem Spaziergang nach Mülheim ins Hotel zurück. Er hat versucht, seinen Bekannten zu treffen, denjenigen - der ihm das Boot verkauft hatte - um etwas Unterhaltung zu haben in diesen Tagen zwischen Schlaf und Traum.

Es ist ihm nicht gelungen, aber das Gehen am Rhein hat ihm Freude bereitet. Als er sich dem bereits angestrahlten Dom nähert, vom Breslauer Platz aus den Hauptbahnhof betritt, kauft er sich als Lektüre für die nächsten Tage den ausliegenden ‚Spiegel' mit dem Titelblatt ‚Der Entfesselte' oder ‚Die fröhliche Fehlbarkeit des Papstes' und geht dann in sein Hotel.

Nachdem er die Tür zu seinem Apartment aufgeschlossen und den Schalter für die Deckenbeleuchtung betätigt hat, bleibt diese Lampe dunkel. Paul tastet sich vor zum Bad und macht Licht. Etwas davon dringt in die Diele, reicht jedoch nicht aus, das ausgefallene zu ersetzen. Paul zieht hastig seinen leichten Mantel aus, wirft ihn über einen Stuhl im Bad. Dann geht er in sein Wohnzimmer, legt das Magazin auf den Tisch, macht Licht, nimmt den Telefonhörer, wählt die Nummer der Zentrale. Kaum, dass jemand Zeit hat, sich zu melden, ruft er: "In der Diele funktioniert die Deckenleuchte nicht. Das muss sofort behoben werden!" Er wartet gar nicht erst ab, ob jemand reagiert, legt auf. Er hängt seinen Mantel an die dunkle Garderobe. Dann geht er ins Bad zurück und wäscht sich die Hände. Er schaut nicht sein Gesicht im Spiegel an, starrt stattdessen in die dunkle Diele, ist nervös, schreitet den kurzen Weg durch die Diele, sieht auf seine Uhr, steht noch unentschlossen im Türrahmen seines Wohnraums. Das Telefon kommt in sein Blickfeld. Er nimmt den Hörer ab, wählt. „Es muss doch möglich sein, einen Handwerker zu schicken."

Dann lässt er sich in den Sessel fallen, führt seine rechte Hand an die Stirn, schüttelt den Kopf, springt auf, als es an der Tür klingelt, öffnet. „Hier ist es!" Paul deutet an die Decke, der junge Mann nickt nur. Er hat eine kleine Leiter bei sich. „Haben Sie es gesehen?" Der junge Mann nickt wieder. „Es gibt nur diese eine Deckenleuchte", sagt er freundlich. Es steckt eine Sparlampe im Gehäuse.

„Was für alte Dinger haben Sie denn hier?" Der junge Mann zieht die Schultern hoch. „Warum sagen Sie nichts?" Der Mann sieht Paul erstaunt an: „Ich besorge Ersatz." „Den hätten Sie schon mitbringen können", Paul ist ungehalten.

„Hier in der zweiten Etage sind noch die alten Lampen, das wusste ich nicht. Ich bin gleich wieder da!" „Was bedeutet gleich?" will Paul wissen, aber der junge Mann ist schon aus der Tür. „Alles läuft schief in diesem Frühjahr", Paul ist wütend. „Wenn alle Menschen so arbeiten würden!" Er nimmt den ‚Spiegel' und setzt sich in den Sessel, blättert ein wenig, kann sich nicht konzentrieren. Immer wieder fällt sein Blick auf die Uhr. Er hört er die Klingel, öffnet die Tür und sieht dem jungen Mann bei der Arbeit zu, eine Taschenlampe in der Hand. Endlich, nach langen fünf Minuten, ist die Beleuchtung der Diele wieder hergestellt. Er gibt seine Unterschrift für eine ordentliche Buchhaltung, wie er annimmt. Trinkgeld gibt er nicht, darauf wäre er nie gekommen. So einen Service hält er für selbstverständlich. Der Mann ist schließlich ein Arbeitnehmer und wird bezahlt.

Paul fällt im Sessel in Schlaf, die vielen kleinen Papstporträts im Titelbild fliegen auseinander und fallen zu Boden. Paul segelt mit, geräuschlos, flügellos und zufrieden. Franziskus lächelt ihn an.

Als er wieder erwacht und sich im Sessel findet, beendet er diesen Tag ganz regulär mit seinen ihm wichtigen Ritualen, um für die Nacht gerüstet zu sein. Alles, was er dazu benötigt, liegt griffbereit und in einem guten Zustand. Auf andere Weise würde Paul sich nicht mit den Gegenständen abgeben können. Sie sind zwar nur Mittel zum Zweck, aber Paul weiß sie zu schätzen.

Eine Sache hat er doch vergessen bei seinen Einkäufen, das ist ein Pyjama. Paul kann nur darüber hinwegsehen, weil die Temperaturen fast sommerlich sind und er über mehrere Garnituren an Unterwäsche verfügt. So gibt es einen Ersatz für das fehlende Schlafzeug.

Als er im Hotelbett liegt, freut er sich auf den nächsten Tag, einen Tag, der ihn etwas weiter wegbringen wird vom Geschehen der letzten Wochen. Er möchte Ruhe finden und weiß, wo das für ihn möglich sein wird. Einmal alle zwei Jahre ist er allein mit dem Wohnmobil auf eine kroatische Insel gefahren, die er liebgewonnen hat und von der er sich auch jetzt im Vorsommer verspricht, dass sie seine Gedanken in Bahnen führen wird, die ihm den Weg aus seinem Dilemma zeigen werden. Das ist ein Plan, der ihm einen ruhigen Schlaf ermöglichen wird für diese Nacht, und so kommt es auch. Am Montag geht er zielgerichtet in ein

Reisebüro und kauft ein Flugticket nach Rijeka für den Dienstag. Er ist überrascht über die kurze Flugzeit von eineinhalb Stunden und auch über den Preis, nur 180 Euro, ICE zum Flughafen inklusive. Der Flug geht nonstop um 10.40 Uhr.

Das könnte er doch auch mit Anna machen, fällt ihm ein. Und plötzlich ist da die Erinnerung an einen Traum, der ihm Hoffnung gibt. Das ist ihm noch nie passiert, dass er versucht, einen Traum zurückzuholen in das Jetzt. Umso intensiver geht er darauf ein und kann tatsächlich einige Bilder vor sich sehen, nicht abgegrenzt durch einen festen Rand oder eine klare Aussage, sondern bruchstückhaft, manche der Bilder sind sogar verschwommen. Wer glauben möchte, Paul sei darüber enttäuscht, wird enttäuscht sein, denn Paul krallt sich mit aller Gewalt an die stärksten Motive in diesen Bildern. Er hat in einiger Entfernung am Ende einer belebten Straße die Umrisse von Annas Körper gesehen. Kurz davor hatte ihn etwas gezwungen, sich umsehen. Jetzt wird er gezogen wie eine Marionette und genau an der Stelle abgesetzt, von der aus er Anna zu erkennen glaubt. Sie winkt ihm zu, formuliert Worte in seine Richtung, die er nicht verstehen kann. Zu viele Menschen sind um ihn, zwischen Anna und ihm. Aber Paul ist glücklich: 'Sie sucht mich!', das macht ihm Mut. Paul setzt seinen Weg fast beschwingt fort.

Annas erste Woche in ihrer Wohnung

Anna sitzt an den Tagen nach ihrer Ankunft in Leer morgens zum Frühstück auf ihrem Balkon in der Sonne, die Ausgabe des Kölner Stadtanzeigers vom 26.5. neben sich. Diese Tage könnten ohne weiteres zu den Sommertagen gezählt werden, ungewöhnlich früh.

Sie liest, aber sie liest nicht richtig, ihre Augen fliegen über die Zeilen, bleiben an Fotos etwas länger hängen. Ihre Gedanken sind überwiegend mit dem beschäftigt, was in den vergangenen Wochen, oder noch wichtiger, Tagen geschehen ist oder von dem geschrieben wird, dass es geschah. Den Unterschied zwischen dem einen und dem andern hat sie noch nicht herausgefunden. Verändert hat sich nur, dass sie jetzt allein ist, ohne Paul. Und, wie sie wieder einmal festgestellt hat, den Namen Pawlow gibt es nicht mehr.

Worüber Anna verzweifeln könnte, ist, dass sie sich schämen muss wegen ihrer Feigheit oder Unentschlossenheit, sich bei der Kripo zu melden. Wovor aber hat sie Angst? Vor der Wahrheit, dass Paul tatsächlich zu Tode gekommen sein könnte oder vor der Tatsache, dass sie ihn alleingelassen hat auf dem Campingplatz, und vor der Konsequenz daraus? Ihre Unfähigkeit zur Entscheidung zeigt ihr mehr als deutlich, dass sie bisher noch nie eine wesentliche Entscheidung zu treffen hatte. Lebte sie nur so vor sich hin, verlief alles glatt oder schicksalhaft, einfach ohne ihr Zutun?

Fest steht, dass ihre Eltern und auch ihr Bruder ihre kleine Welt bildeten, in der sie gut aufgehoben war. Dass ihr Bruder so früh hat sterben müssen, hat sie sehr bewusst wahrgenommen, aber eine Beschäftigung mit dem, was im

Leben alles möglich sein und gegebenenfalls auch sie treffen könnte, hat es nicht gegeben. Für Anna und ihre Eltern war der frühe Tod ihres Bruders Andreas ein trauriges Ereignis, nicht mehr und nicht weniger als das. Was Anna nicht erfahren hat und nicht wissen kann bis heute, sind die Auswirkungen dieses Verlustes auf ihr weiteres Leben, bis heute.

Wenn sie sich fragt, was denn ihr Leben sei oder wert sei, und für wen es von Bedeutung sei, dann findet sich keine Antwort. Das Abhandengekommensein von Andreas fiel wie eine Naturkatastrophe über die kleine Familie. Und wie nach einem solchen Ereignis zunächst der Wiederaufbau so manches Mal unkontrolliert und überhastet beginnt, so wird häufig zum Wichtigsten erklärt, wie man zur Normalität zurückfindet. Das hat Anna erlebt als eifriges Bedachtsein, nicht zu viel darüber zu sprechen oder zu weinen oder gar zu denken. Es funktionierte.

Dann kam der Tag, an dem sie Paul kennenlernte. Hier stoppt Anna, denn da zeigt sich jetzt eine Wunde, und sie hat nicht gelernt, mit Wunden achtsam umzugehen.

An diesem Dienstag, als sie wieder die Kölner Zeitung neben ihrem Frühstück auf dem Tisch liegen hat, gerade in eine Brötchenhälfte beißen will, beugt sie sich über die Panorama-Seite. Dann wandert ihr starrer Blick auf die Hafenseite gegenüber, um an der Spitze des Rathausturms von Leer Halt zu suchen.

‚Ich bin in Leer, frühstücke in aller Ruhe und muss aus einer Kölner Zeitung entnehmen, dass der Ertrunkene aus Rodenkirchen in der Oldenburger Gerichtsmedizin als Paul H. identifiziert worden ist. Von wem? Von einem Freund. Ich bin schuld, ich bin schuld', Anna steht auf, nimmt die

Seite mit der kurzen Notiz, verlässt den Balkon, geht ins Wohnzimmer und lässt sich in einen Sessel fallen. Die Zeitungsseite gleitet ihr aus der Hand. Anna weint erst leise vor sich hin, dann immer heftiger. Zuletzt schluchzt sie unendlich lange, bis sie sich langsam beruhigt. Sie bleibt noch sitzen, wie in Warteposition, bis sie abrupt den Sessel verlässt, hastig den Tisch auf dem Balkon abdeckt. Dann verschwindet sie ins Schlafzimmer.

Annas Alptraum gegen die Realität

Anna liegt in ihrem Bett und träumt. Sie dreht sich ab und zu heftig auf die Seite, als wäre sie noch in einem Traum gefangen und wolle daraus erwachen.

Die dünnen Vorhänge vor den Schlafzimmerfenstern bewegen sich, Vogelgezwitscher dringt vom Balkon herein. Mit einem Mal sitzt Anna aufrecht im Bett. Schnell zieht sie die Bettdecke vor die Brust, als wolle sie sich vor etwas schützen. Dann senkt sie resignierend den Kopf.

„Ich ertrage diese Schnarchgeräusche nicht mehr", ruft sie laut in den Raum. Dann geht ein Ruck durch ihren Körper, als wäre sie einer großen Gefahr ausgesetzt. Sie wendet langsam und ängstlich den Kopf zur anderen Betthälfte. Ihr Blick wird starr. Das Bett neben ihrem ist leer.

Die Starre weicht. Auch an diesem Morgen weiß Anna wieder: das Bett neben ihr ist seit Tagen, genau gesagt, seit sie aus Köln zurückgekommen ist, leer. Aber sie kann es immer noch nicht glauben.

„Ich werde im September 41 Jahre alt", murmelt sie halblaut und lässt sich wieder in die Kissen fallen.

„Er ist tot, und ich lebe. Aber er ist um mich, und ich laufe mit einem schlechten Gewissen durch die Gegend. Nicht nur, weil er vielleicht tot ist und ich lebe, nein, weil ich mich gedanklich erstmalig in diesem Urlaub mit seinem Tod beschäftigt habe. Das Schlimmste ist, dass das mein Geheimnis bleiben muss, wobei ich ersticke an dem Vorsatz, es nicht herauszulassen. Wer mich so sehen könnte, wie ich hier auf dem Bett liege, und wer meinen Monolog voll erfasst hätte, der würde sich fragen, was mit dieser Frau los ist. Das frage ich mich auch, und wenn ich es ironisch sagen sollte, so danke ich den Politikern dafür, dass es in diesem Land keine Kommission für seelische und geistige Gesundheit gibt, deren Beauftragte mich schon längst durchschaut und mich als Mörderin angeklagt hätten. Die reale Welt empfand ich in den vergangenen Tagen als ziemlich irrsinnig. Paul wäre niemals allein in ein Boot gestiegen, und dann noch auf dem Rhein! Er ist Nichtschwimmer und nicht leichtsinnig. Auch wenn ich einige Male davon geträumt habe, dass es Paul an meiner Seite nicht mehr gäbe: ich hätte ihn doch nicht umbringen können und wollen!"

„Ich muss aus dem Bett", sagt Anna, sich selbst auffordernd. „Es war vielleicht doch ein Unfall mit Todesfolge. Ich habe Paul allein gelassen. Er war nicht fähig, ohne mich zu leben. Oder bilde ich mir das nur ein? Ich werde noch verrückt! Das muss alles schnell aufgeklärt werden!"

Im Badezimmerspiegel findet sich in Annas Gesicht keine Spur von Verrücktheit. Im Gegenteil, lange hat sie nicht so strahlende Augen gehabt wie jetzt. ‚Diese Augen habe ich nicht etwa, weil Paul in einen anderen Zustand übergegangen sein könnte, sondern weil ich mich frei fühle. Auch wenn er noch lebte, ich wäre frei. Es sind nur wenige Menschen, die mehr über die Beziehung zwischen mir und Paul wissen und die sich immer schon gefragt haben, wie wir miteinander leben und auskommen können. Sie kennen uns als Einzelgänger, was nicht unbedingt eine gute Ehe verhindern muss. Manchmal lege ich mir meine Argumente zum Verständnis dieses Bündnisses zwischen Paul und mir so aus, dass mich der Tod meines geliebten Bruders in Pauls Nähe geführt hat, dass mein Blick getrübt war, ich Halt suchte und in Paul zu finden hoffte. Paul, der nun nicht mehr ..." Anna lacht auf: "Aber er kann gar nicht tot sein, das weiß ich genau! Man wird mich noch für verrückt erklären! Und auch jetzt, da ich mich darüber ärgere, dass sein Einfluss auf mich noch durch sein lautes Schnarchen zementiert wird, dass ich davon aufwache, obwohl niemand da ist, der schnarcht, auch jetzt frage ich mich, ob er nicht gleich zurückkommt, mich in den Arm nimmt und alles erklärt mit der ihm eigenen Pedanterie. Sollte ich nicht besser diese Wohnung und auch meine Stadt verlassen? Diese Selbstgespräche, sie müssen aufhören!"

Anna beginnt ein Lied zu summen, während sie noch mit Zahnbürste und Paste beschäftigt ist. Sie stutzt einen Moment, lacht. Grimassen schneidend setzt Anna das morgendliche Ritual fort. Noch immer im Schlafanzug, geht sie von Zimmer zu Zimmer und öffnet alle Fenster. Vor einer großen Tür bleibt sie stehen, die Hand auf der Klinke zögert. „Nein, da gehe ich nicht hinein. Ich will damit nichts zu tun haben. Seine Fotos mag ich nicht sehen, noch nicht, und was ich hier möglicherweise noch alles so finden werde, dafür ist die Zeit noch nicht reif!"

Sie setzt sich auf die Bettkante. „Warum habe ich mich nicht aufraffen können, um meinen Teil zur Aufklärung von Pauls Tod beizutragen und damit die im Verdacht der unterlassenen Hilfeleistung stehende Frau zu entlasten? Aber der Staatsanwalt war schon tätig geworden, und ich hätte ihn nicht bremsen können, ohne zu lügen, ohne von meinem Vorsatz zu erzählen, auch wenn er nur ganz vage vorhanden war. Und dann hätte sich das Blatt wenden können. Alles ist so verwirrend, was soll ich glauben, was kann ich nicht glauben, was will ich glauben oder was nicht?" Anna war sicher, dass ihr Name bisher nicht öffentlich geworden war. Man hatte ja nach ihr gesucht, um die Todesnachricht zu überbringen. Und da sie in Leer nicht zu finden war und aus ihrer Familie niemand von ihrem Aufenthalt in Köln wusste, war sie erst einmal verschont geblieben. Die Darstellung des ‚Tathergangs' war in einer Sache eindeutig: der Tote hatte nicht schwimmen können und war zudem auf einem Fluss mit erheblicher Strömung in einem roten Paddelboot gesessen.

Anna zweifelte. Sollte das wirklich Paul sein? Warum? Und wofür wollte er sterben? Nur weil sie gegangen war. Das hieße ja doch in erster Linie zurück nach Leer in ihre gemeinsame Wohnung. Ja, sie hatte von Trennung gesprochen, das gab sie zu. Es war auch das erste Mal gewesen, dass sie dieses Wort benutzte. Das Schlimmste war, dass sie es längst schon bereut hatte. Was, wenn sie den Toten hätte identifizieren müssen? Schrecklich, diese Vorstellung. Sie musste unbedingt herausfinden, wer das gewesen war.

Paul verlässt das Hotel in Köln

Er steigt ausgeruht gegen acht Uhr aus seinem Bett. Er duscht, packt seine Sachen Stück für Stück in die neue Reisetasche, sieht sich noch einmal in den Räumen um, bevor er sich zur Rezeption zur Zahlung begibt.

Die Angestellte erinnert ihn bei der Ausstellung der Rechnung an sein Fahrrad. Das hatte Paul ganz aus seinem Gedächtnis verloren. Was sollte er jetzt mit einem Rad anfangen?

„Ist es möglich, das Rad hier noch einige Zeit aufzubewahren?"

Die Angestellte sieht ihn fragend an: "Sie sind aber doch weg aus Köln, oder?"

„Woher wissen Sie das?" Paul ist verblüfft.

Sie lacht. „Ich habe Sie gestern vor einem Reisebüro gesehen, und mir kam die Idee, dass Sie verreisen würden."

Paul sieht sie immer noch verblüfft an, die Frau verliert ihr Lachen. Paul steht ratlos da.

„Dann schenke ich es Ihnen eben!"

Die Frau weiß nicht, was sie sagen soll. Dann fällt ihr ein: „Aber das ist doch ein Herrenrad!"

Paul hat keine Lust auf Probleme: „Machen Sie damit, was Sie wollen. Ich muss jetzt weiter! Wie viel zahle ich für das Zimmer?"

„Neun mal 130 Euro, Moment, bitte …"

„Das sind 1.170 Euro, kann ich jetzt zahlen? Ich muss weg."

Sie rechnet noch: "Ich habe mich versehen, es sind zehn Nächte, entschuldigen Sie bitte." Sie sieht ihn unsicher an.

„Dann zahle ich eben 1.300 Euro, hier, bitte sehr!" Er gibt seine Kreditkarte über den Tresen. Die Frau ist irritiert. „So einfach geht das aber nicht mit dem Rad, Herr Hülsebus."

Paul fällt ihr ins Wort. „Verschenken Sie es dann bitte, ich verpasse den Bus zum Flughafen."

Die Freundlichkeit der Frau versickert in einer leisen Bemerkung, die sie mehr zu sich selbst spricht. Paul tritt von einem Bein aufs andere vor Ungeduld. Er ist total angespannt. Sieht auf seine Uhr, setzt die Sonnebrille auf, obwohl es nicht besonders hell in dem Raum ist.

„Ihre PIN bitte!"

„PIN? Hab' ich nicht zur Hand. Es muss auch so gehen. Sie können mir das doch nicht verunmöglichen!"

„Nein, es geht leider nicht ohne PIN, Herr Hülsebus."

„Wo ist hier die nächste Bank?"

„Ohne die PIN erhalten Sie auch bei der Bank kein Geld."

„Dann nehme ich eben meine EC-Karte."

Die Frau sieht verblüfft auf Ihren Gast. „Damit können Sie auch hier zahlen."

„Ja, dann tue ich das", Paul ist still geworden, denkt nach, sucht seine EC-Karte und noch etwas anderes. Endlich hat er die Karte und einen kleinen Zettel in der Hand. Die Angestellte ist neugierig geworden und zeigt das gekonnt unaufdringlich. Sie sieht ein Wort mit vier Buchstaben.

„Ich habe die Karte lange nicht benutzt." Paul sagt das versöhnlich. „Moment bitte!"

„Okay, hier ist die Karte", er reicht sie ihr, „die PIN habe ich jetzt auch."

„Dann schaffen wir das schnell und die Bahn fährt Ihnen nicht davon."

„Der Bus!" Sie blickt auf, schiebt die Karte in das Gerät: „Bitte die PIN. Übrigens, mit der Bahn sind Sie schneller am Flughafen, Herr Hülsebus."

Sie dreht das Lesegerät um, Paul gibt verdeckt ‚1141' ein, bestätigt nach der Aufforderung und ist offensichtlich erleichtert. Er entnimmt die Karte, steckt sie ein, sieht auf die Uhr.

Er rechnet laut: "Neun Uhr, um zehn Uhr vierzig fliege ich ab, eine Stunde vorher muss ich mindestens dort sein."

Er sieht die Frau ernst an: „Dann fahre ich doch mit der Bahn. Danke."

„Gern geschehen, Herr Hülsebus, und gute Reise und Aufenthalt! Der Zug fährt am Gleis 1 ab. Ich werde schon jemanden für Ihr Fahrrad finden!"

Paul nimmt seine Tasche und steht nach fünf Minuten am Bahnsteig von Gleis 1.

Anna auf Spurensuche

In Annas Kopf schwirrt alles durcheinander. Sie steht endlich auf, geht ins Bad, sieht nur kurz in den Spiegel, erkennt sich, wird ruhiger. Sie fasst Dinge an, sieht ihre Möbel mit fremden Augen, nun, da niemand sonst in der Wohnung weilt. Sie stellt sich vor, wie es wäre, diese aufzugeben. Natürlich nur hypothetisch, denn sie gehört ihr nicht allein. Paul sorgte vor Jahren dafür, dass Anna Miteigentümerin wurde. Und ob sie es wirklich möchte, woanders zu wohnen, vielleicht sogar ohne Paul, das steht in den Sternen. Je öfter sie daran denkt, nie wieder mit Paul zusammen zu sein, desto unwahrscheinlicher wird ihr die Realisierung. Die ganz und gar notwendige Klarheit ist bei weitem nicht gegeben. Irgendwie wird hier ein Spiel gespielt, so empfindet es Anna.

Sie hat einige Tage zuvor noch davon gesprochen, sie liebe Paul. In diesem Moment ist es ein Gefühl des Vertrautseins, des Aufgehobenseins, der Wertschätzung, das sie überkommt. Sie wehrt sich nicht, denn dieses Gefühl beeindruckt sie wie damals, als sie Paul kennengelernt und sehr schnell gespürt hat, dass er ein sehr besonderer Mensch ist, dem sie ohne den leisesten Zweifel sofort vertrauen könne.

Das war ein Glück zu der Zeit, als Andreas gerade sein Leben verloren hatte. Paul war da, und er war mit seinem ganzen Wesen an ihrer Seite, so gut er konnte, denn dass er etwas anders war als ihre Freunde und Kollegen und vor allem Andreas, das hat sie ebenso schnell erkannt. Es bereitete ihr weder Probleme noch Angst. „Lieber Paul", sagt sie leise, „wir machen dort weiter, wo wir aufgehört haben, und wir sprechen miteinander. Ich erkläre dir, wenn mich etwas belastet, und du hältst es genauso. Dann kommen wir bestimmt zu dem Leben miteinander, das wir uns wünschten, beide, nicht nur du und nicht nur ich."

Der 27. Mai ist wieder solch ein strahlender Frühlingstag, mit neuen Düften, neuem Licht, neuen Ereignissen, und vor allem ist er noch ein Urlaubstag.

Anna steht vor ihrem Kleiderschrank und lässt ihre rechte Hand von Bügel zu Bügel gleiten, um das Passende für den Tag zu finden. Sie zieht ein grünes, ärmelloses Leinenkleid heraus, hält es vor den Körper, betrachtet sich im Spiegel. Ihre Miene verdüstert sich, geht sekundenschnell vom zuvor noch erwartungsvollen Blick in ein ungewöhnlich steifes, nichts sagendes und damit lustloses Betrachten über.

‚Was soll jetzt diese Staffage', diese Frage liegt in ihrem Blick, ‚wozu das in dieser Situation, die nicht korrekt beschreibbar ist, weil sie mir fremd ist?'

Sie will das Kleid wieder in den Schrank hängen, stoppt aber, besinnt sich: 'Es geht doch um mehr, nämlich um Klarheit. Grün ist meine Lieblingsfarbe, also ziehe ich sie an. Außerdem mag Paul diese Farbe auch.'

Bevor sie dazu kommt, klingelt das Haustelefon. „Mist." Anna verlässt das Schlafzimmer mit dem Kleid über dem linken Arm. Ohne nachzusehen, wer der Anrufer ist, nimmt sie ab.

„Moin, Dirk, ooh …, nett, dass du anrufst, wir …ich bin seit ein paar Tagen wieder in Leer. Hast du noch Urlaub?"
„Natürlich kannst du herkommen. Wann? Na, in einer halben Stunde ginge es. Ich bin noch nicht ganz wach."

Dann: „Was ist mit dir, Dirk, du klingst so ernst? Na, egal, komm einfach. Bis dann."

Sie legt erst das Kleid beiseite, dann das Telefon. Sie hat wieder diesen starren Blick, mit dem sie jetzt aus dem Fenster sieht. Unfähig, einen klaren Gedanken zu fassen, fühlt sie sich hin- und hergeworfen wie auf einem Boot, mit dem die Wellen einen Kampf ausfechten, ausgeliefert, das Heft aus der Hand gegeben. Wie anders ihr Leben auf einmal ist, Ruhe vor dem Sturm, falsche Sicherheit, bedrängende Gedanken, Informationen nur aus zweiter Hand, alles zusammengerührt, ergibt das das Bild eines Malers, der verrückt geworden zu sein scheint, Farben auf die Leinwand wirft, mit großem Pinsel verteilt, richtungslos, Kakaopulver aus dem Schrank dazu, Schuhcreme in einem Ekel erregenden Braun, daneben, wie zum Trotz, ein Himmelblau, so klar und leuchtend, dass es wehtut. Was soll Anna damit? Moderne Kunst, modernes Leben, Überfluss, Angst, Verweigerung, Mutlosigkeit, letzter Kraftakt, ein rotes Boot schießt auf dem offenen Meer an Anna vorbei. Sie sieht einen kleinen Mann, der sich ängstigt. Sie reicht ihm die Hand, ein halber Meter fehlt, sie hält ihm noch den andern Arm hin, er greift ins Leere und stürzt ins tosende Meer, das von Riesenschiffen aufgewühlt ist. Sie sieht nur noch Gischt, weder den Himmel noch etwas anderes. Ihr wird schwindlig. Einige Sekunden später sitzt sie sicher auf ihrem blauen Sofa, streicht über den Leinenstoff, den sie sehr mag.

„Ich glaube, ich drehe durch, was mache ich nur, wenn Dirk gleich hier ist?"

Sie ist aufgestanden, damit ihre Stimme nicht so klein bleiben muss. Aber es trifft sie wie ein Schlag, der aus dem

Nichts gekommen ist. ‚Und wenn er derjenige ist, der Paul identifiziert hat? Dann gibt es Sicherheit, endlich, endlich, ich hoffe, es war Dirk! Komme, was da wolle!'

Voller Hoffnung zieht sie jetzt das grüne Kleid über den Kopf, stellt beiläufig fest, dass sie besser hineinpasst als früher und ihre Arme und der Hals leicht von der Sonne gebräunt sind.

‚Wie absurd, dieser Gedanke jetzt, den ich doch gar nicht herbestellt habe.'

Sie sieht auf die Uhr. Gleich wird er kommen.

Dirk trifft Anna

Dirk ist unterwegs, hat gerade die Fußgängerbrücke über den Freizeithafen seiner Heimatstadt Leer passiert, merkt, dass sich seine Schritte verlangsamen, ohne dass er den Auftrag dazu erteilt hat.

Er ist voller Widersprüche von zuhause weggegangen, hat sich vorgenommen, von der Brücke aus ein paar dieser sich widerstreitenden Gedanken in die alte Leda-Windung zu werfen, deren Endstück zum heutigen Freizeithafen mutierte, der seit etwa 2005 bis heute der Stadt Leer durch weitere Bebauungen im Wohn- und Gastronomiebereich zum Aufschwung in Sachen Attraktivität verhelfen soll, was sehr kontrovers diskutiert wurde und immer noch wird, und das nicht nur in der Bevölkerung.

Aber solange es potente Investoren gibt, wird auch schon mal der eine oder andere Bebauungsplan über den Haufen geworfen, so wie es überall geschieht. Als ob das ein Trost wäre, denkt Dirk.

Nichts von dem, was Dirk bedrückt, hat er an diesem Tag über Bord werfen können. Gesprächspartner ist für ihn einzig und allein der Emder Kommissar gewesen. Nun hat er sich entschlossen, den Weg zu Anna zu gehen. Anna, von der er nicht weiß, was sie weiß und was nicht, und die von dem, was er weiß, gar nichts weiß. Das klingt nicht nur kompliziert, es ist auch so

Anna ist über ihren Mann Paul eine Freundin Dirks geworden, und damit besteht ein Vertrauensverhältnis zwischen ihnen. Das soll möglichst so bleiben, wünscht sich Dirk. Er muss noch an einer der Stadtvillen vorbei, dann befindet er sich dort, wo Anna und Dirk ihre Wohnung haben, mit Terrasse und Blick auf den Freizeithafen und auf das gegenüberliegende Gebäude des Rudervereins, nicht zu vergessen das Café Schöne Aussichten.

Schon von der Brücke aus hat er das Haus sehen und feststellen können, dass Anna sich nicht auf ihrer Terrasse befindet, demnach wird sie ihn im Wohnzimmer empfangen.

Dirk seufzt tief, ehe er auf die Klingel drückt. Er weiß nicht wohin mit seinen Händen, steht da wie ein Pennäler, der auf seinen Rektor wartet.

Durch die Glasscheibe erkennt er Anna, die, nachdem sie den Türöffner betätigt hat, ihm entgegenkommt. Auf den ersten Blick erkennt Dirk, dass sie an Gewicht verloren hat, was ihr gut steht. Sie sieht ein wenig gestresst aus. Sie umarmen sich kurz, dann zieht Anna ihn in die Wohnung, ins Wohnzimmer.

„Anna, seit wann bist du denn wieder in Leer? Ihr wolltet doch erst zum Monatsende wieder hier sein."

‚Warum beginnt er das Gespräch auf diese Weise', fragt sich Anna. ‚Er schiebt mir den Ball zu.'

„Ich bin seit dem 20. Mai wieder hier, Dirk."

Dirk sieht sie an, nein, er sieht an ihr vorbei mit einem Ausdruck, als hielte sie ihm ein Messer an die Kehle. Röte steigt in ihm auf. Er stammelt: „Aber ich habe schon einmal versucht, Euch hier in der Wohnung zu erreichen."

Anna versucht es mit der Wahrheit: „Ich weiß, aber ich habe Dir nicht geöffnet. Ich wollte allein sein."

„Das habe ich auch versucht, bis mir die Decke auf den Kopf gefallen ist. Nun bin ich ja hier." „Möchtest Du einen

Tee oder Kaffee, Dirk?" „Ein Friesengeist wäre mir lieber, ehrlich gesagt."

Anna ist sicher, dass Dirk sich erinnert, manchmal einen solchen Geist in ihrem Kühlschrank gesehen zu haben und geht in die Küche. Mit zwei kleinen Korngläsern und der Flasche kommt sie zurück.

„Auf unser Wohl", wie gewöhnlich geht dieser Toast über den Tisch. Anna und Dirk sehen sich nicht an.

Anna schenkt den zweiten ein, den dritten. Dirk sagt nichts, bis er doch einmal den Kopf hebt und Anna ansieht wie jemand, der auf frischer Tat ertappt worden ist. Anna kann das nicht aushalten, setzt sich zu ihm.

„Was hast Du im Kopf, Dirk, heraus damit! Komm schon!"

„Was ist mit Dir und Paul geschehen, Anna?"

Anna steht auf, geht ein wenig auf und ab. „Ich kann das nicht erklären, Dirk, nicht einmal mir selbst."

Dirk springt auf: "Paul ist tot und Du sprichst das so locker dahin, Anna! Mein Freund ist tot, ich habe ihn gesehen, das war mehr als ein Schock für mich!"

Anna will ihn beruhigen, ihr fällt nicht ein, wie sie das machen könnte. Vorsichtig nimmt sie ihm das Glas aus der Hand, steht vor ihm und sieht ihm in die Augen.

„Dirk, es tut mir leid, warst Du das, der ihn identifiziert hat, stimmt das, wann war das?"

„Am letzten Sonnabend in der Gerichtsmedizin in Oldenburg. Gib mir schnell noch einen, bitte, Anna!"

„Ja, ja, mache ich gleich, in Oldenburg, sagst Du?" „Es war ja keiner da, niemand erreichbar, Du nicht, Deine Eltern nicht, keine Verwandten, niemand, nur ein ehemaliger Kollege, und das bin ich. Und ich wollte immer Pauls Freund werden, war ich auch, aber er hat es nicht geahnt, oder?"

Dirk setzt sich auf das blaue Sofa, den Blick auf Anna gerichtet. „Es war so schwer, Anna, den lieben Paul da liegen zu sehen, so friedlich, aber auch schon so weit weg."

Dirk hält seine aufsteigenden Tränen nicht mehr, Anna reicht ihm ein Taschentuch. Sie holt eine ganze Packung.

„Dirk, wir müssen jetzt alles sagen, was wir wissen, verstehst Du? Nur Du und ich. Ich habe doch alle Informationen nur aus der Zeitung und mir da etwas zusammengesponnen, was ich selbst nicht glauben kann".

„Aber wieso bist Du jetzt hier und Paul nicht?"

„Das ist eine lange Geschichte. Wenn sie denn so gewesen ist. Manchmal frage ich mich das wirklich!"

Und Anna erzählt und erzählt, Dirk hört zu, trinkt, lässt den Friesengeist irgendwann beiseite. Als Anna geendet hat, sitzen sie beide auf dem Sofa, traurig, aber doch auch froh, dass sie nicht allein sind mit ihrem Schmerz.

„Eine wichtige Frage muss ich Dir leider stellen, Dirk, sonst hat alles keinen Sinn. Glaubst Du mir?"

Dirk nimmt ihre Hand. „Ja, Anna, ich glaube Dir."

Annas Tränen, die fließen, denn sie hat Dirk auch gestanden, dass sie Paul immer noch lieb hat, ja, gar nicht anders könne als ihn zu lieben. Nun steigen diese Worte wieder in ihr hoch und sie fühlt sich schuldig. Dirk beruhigt sie, so gut er kann. Er geht einfach in die Küche, sie hört ihn hantieren. Mit ein paar belegten Broten kommt er zu ihr zurück. Anna lächelt über seinen Eifer, fühlt sich wohl dabei. Sie essen gemeinsam und versuchen sachlich zu beraten, was zu tun ist.

„Ich werde morgen zuerst die Kripo in Leer anrufen und dann in Oldenburg die Gerichtsmediziner. Sollte es noch möglich sein, werde ich mich von Paul verabschieden. Nach allem, was Du erzählt hast, ist der ... Tote wirklich Paul, obwohl ich es immer noch nicht glauben kann. Sollen wir so verbleiben, Dirk? Hilfst Du mir, das zu bewältigen? Es ist so absurd, aber wenn es wahr sein sollte, kann ich mich nicht drücken."

„Sei mir nicht böse, Dirk, wenn ich jetzt gern allein sein möchte, ja? Ich melde mich bei Dir so früh es geht. Du hast noch ein paar Tage Urlaub, soweit ich weiß?"

Dirk ist aufgestanden, Anna umarmt ihn, sie stehen einige Sekunden so. Dirk löst sich.

„Gute Nacht, Anna, schlaf gut, trotz allem. Ich versuche auch mein Bestes. Tschüß."

„Danke Dir, bis morgen." Sie bringt ihn vor die Tür. Sie haben gar nicht bemerkt, wie dunkel es inzwischen geworden ist an diesem schönen Mai-Abend.

Anna winkt ihm nach.

Pauls Reise beginnt

Es war nur ein Katzensprung vom Kölner Hauptbahnhof zum Flughafen Köln-Bonn, selbst für Paul, der, in sich versunken, es nicht schaffte, einmal aus dem Fenster zu sehen.

Sein Körpergewicht in Kilogramm, obwohl nicht ungewöhnlich hoch, drückte ihn tief und fest in den Sitz des Zugabteils. So beladen fühlte sich Paul.

Zu seinem unverhofften Glück, keine direkten Mitreisenden auf der Sitzbank zu haben, gesellte sich jedoch die Unsicherheit, die mit in den Zug hatte springen müssen. Paul war unterwegs. Klar hatte er diesen Ausflug kurzfristig geplant, doch was erwartete ihn? Außer dem, was ihm vertraut war, nämlich die Insel, auf die er gelangen wollte, dieses Mal ohne sein Wohnmobil, außer diesem einen Fixpunkt war nichts um ihn herum wie zu anderen Zeiten, wenn er sich der Insel langsam genähert hatte.

Alles war für Paul von anderen Menschen und deren Maschinen durchdacht, technisch ausgeklügelt, es blieb nichts weiter übrig, als sich darauf zu verlassen, dass Piloten und Bordpersonal ihr Ziel genauso zuverlässig erreichen wollten wie er.

Das erste Ziel war Krk. Auf dieser Insel lag der Flughafen von Rijeka, das hatte Paul bereits gewusst. Krk war für ihn im wahrsten Sinne des Wortes die Brücke gewesen, über die er die Insel das erste Mal und auch danach immer wieder erreicht hatte. Der zweite Teil der Reise war die kurze Überfahrt mit einer Fähre nach Cres. Auf dieser Reise nun hatte er alles aus der Hand gegeben, was ihn sonst begleitet hatte, nämlich sein Wohnmobil, in dem er sich so wohl fühlte, dann die wechselnden Landschaften mit ihrer immer wieder überraschenden Vegetation, Sonne und Regen, in längeren oder kürzeren Perioden. Und da sich die Fahrt mit dem Wohnmobil über fast 1.500 Kilometer an drei Tagen mit zwei nächtlichen Unterbrechungen gut bewältigen ließ, hatte Paul jeweils gegen Abend einen Campingplatz angesteuert. Im Laufe der Jahre hatte er sich entschieden, welche das auch künftig sein sollten. Da lag schon ein wenig Vertrautheit in diesen wiederkehrenden Kurzaufenthalten auf diesen Plätzen. Er wusste, was ihn erwartete und versuchte deshalb, wenn es eben möglich war, jedes Mal denselben Platz zu buchen.

Mit Wehmut fragte er sich, ob er jemals wieder diese Reise nach Cres machen würde. In seiner Traurigkeit zogen Bilder an ihm vorüber, wie das eine, das nicht nur für Anna, sondern auch für seine Bekannten fremd war: Denn wenn Paul von seiner Insel wieder nach Hause in seine Heimatstadt kam und Anna begrüßt hatte, fing er nur ganz langsam an, das Wohnmobil aus seinem Alltag zu entlassen. Es kam vor, dass Paul die ersten drei, vier Tage nach der Rückkehr weiterhin nachts in das Gefährt ging, um sich dort schlafen zu legen. Besser schlief er nirgendwo.

Es war gut, dass Anna nichts dagegen hatte, und mit der Zeit war ihr sein Verhalten gewöhnlich geworden. Auf dem Weg zum Flughafen, stellte er sich die Frage, ob das wirklich so sei. Die Antwort fand er nicht. ‚Wir müssen darüber sprechen, Anna und ich, darüber und über vieles Andere auch', dachte Paul. Dieser Gedanke besetzte ihn immer häufiger. Und er verschwand nicht, bevor Paul sich nicht auf ihn eingelassen hatte, und sei es nur in einem Selbstgespräch. Schon jetzt, im Flughafengebäude vor dem Terminal seiner Fluggesellschaft stehend, überkommt Paul ein Gefühl der Unsicherheit. Anna ist nicht informiert worden, wird ihn vielleicht suchen, will zu ihm zurückkommen. Er sieht auf die Uhr, die neben der Uhrzeit auch das Datum anzeigt. Dienstag, 26.5.2015. Paul weiß sofort, dass Anna am Montag, dem 1. Juni, wieder ihrer Arbeit in Oldenburg nachgehen wird.

Als Paul an der Reihe ist, seine Dokumente vorzulegen, sein Gepäck abzugeben und seinen Wunsch nach einem Fensterplatz zu formulieren, stellt er fest, dass er der letzte Passagier ist. Er dreht sich fragend um, was die Dame hinter dem Schalter beobachtet.

„Machen Sie sich keine Sorgen, wir sind noch nicht startklar." Sie lächelt Paul an. Paul nimmt kommentarlos seine Dokumente entgegen, dreht sich um und geht.

Inzwischen wimmelt es von hin- und hereilenden Menschen, suchenden, rufenden, aufgeregten Kindern, genervten Müttern, gelangweilten Vätern. Paul kann das alles nicht einordnen in seine ruhige Welt. Es ist ihm zu laut, zu voll. Er ringt um Fassung, weiß nicht, was er tun soll, obwohl ihm klar ist, dass er den Wartebereich finden muss, in dem er auf den Abflug seines Flugzeugs geduldig mit den anderen Passagieren sitzend oder stehend die Zeit bis zum Aufruf sinnentleert verbringen muss.

Einmal, und das ist einige Jahre her, ist er mit Kollegen zu einer Messe für Brillendesign nach Frankfurt geflogen. Er hätte lieber einen Zug genommen, aber zu der Zeit war Paul noch ein wenig schüchtern, und das mit Anfang 40. Der Flug ging von Münster aus, der Flughafen war klein und wenig bevölkert, alles ging gemütlich vonstatten.

Hier im Kölner Flughafen hingegen fühlt er sich nicht nur wie in einem Labyrinth, sondern zusätzlich noch wie in einem zu groß geratenen Schwimmbad mit einerseits gedämpften Lauten und andererseits schrillen Tönen, wie wenn der Bademeister mit seiner Trillerpfeife kommt, um jemanden, der sich nicht korrekt verhalten hat, aus dem Wasser zu holen.

Paul spürt seine Hände feucht werden, er will seine Krawatte lockern, seine linke Hand ist auf dem Weg, stellt fest, er trägt gar keine. Paul wird nervöser, geht in die Nähe einer kleinen Cafébar, hält sich mit der rechten Hand an einer Sessellehne fest, verliert dabei seinen Gepäckschein und die Bordkarte, er sieht sie auf den Fußboden segeln, guckt zu und ist drauf und dran, fortzulaufen.

Eine ältere Dame bückt sich nach den Papieren, reicht sie ihm, er nimmt sie entgegen, sieht die Dame nicht an, sondern aus dem Fenster, ein seiner Meinung nach ungeordnetes Hin- und Herfahren von Gepäckwagen, Cateringfahrzeugen, Flugzeugen, die sich wie schwere, zu groß geratene Vögel über die Bahn schieben. ‚Was soll das alles, was hat das mit mir zu tun?'

Paul rettet sich gerade noch, als er wie durch einen sich lichtenden Nebel den letzten Aufruf für seinen Flug vernimmt. Gate 4. Er zwingt sich, den Kellner zu fragen, wie er schnellstens dort hinkommt. Der Kellner kommt aus seiner Rundtheke, nimmt Paul sanft an die Hand und führt ihn zum Gate. Paul reißt sich los, er sieht, er ist der letzte Passagier, er will ohne anzuhalten durch den langen Gang ins Flugzeug. Die junge Frau, die die Passagierliste kontrolliert, hat Mühe, Paul festzuhalten. Er ist erschöpft, lässt sich auf ihren Stuhl fallen, stammelt: „Ich muss da mit!" Die

Frau versucht ihn zu beruhigen, indem sie ihn leicht an der Schulter berührt und ihm vorsichtig die Bordkarte aus der Hand nimmt, um sie ihm gleich wieder zurückzugeben, um ein Stückchen kürzer, denn das muss sein.

Sie hilft ihm aufzustehen, was Paul merkwürdigerweise zulässt, geht dann mit ihm gemeinsam zum Flugzeug, spricht kurz mit einem Flugbegleiter. Dieser lächelt Paul freundlich zu, zeigt auf die Bordkarte.

„Ich bringe Sie jetzt zu Ihrem Sitzplatz. Kommen Sie." Paul geht folgsam hinter ihm her. Er sieht und hört nichts von der Ungeduld seiner Mitreisenden, die sich über die durch ihn verursachte Verzögerung des Abfluges miteinander unterhalten und darüber verstimmt sind. Er sieht niemanden an. In Reihe 15 links bittet der Flugbegleiter einen Herrn aufzustehen, da der Fensterplatz Pauls gebuchter Sitzplatz ist. Der Herr ist nicht gerade freundlich, macht den Platz frei und sieht Paul kopfschüttelnd an.

Endlich sitzt Paul. Er schnallt sich an, sieht aus dem Fenster, guckt nicht nach vorn oder hinten, auch nicht nach rechts. Er ist wieder in sich gefangen. Niemand ahnt etwas von dem, was mit Paul geschieht.

Objektiv betrachtet ist dieser Mann einer zwischen 40 und 50, mit gelichtetem Haupthaar, heller Haut und blassblauen Augen, korrekt gekleidet, vielleicht ein leitender Angestellter eines größeren Unternehmens, das eine Niederlassung in Rijeka hat, und darüber hinaus ein Passagier ist wie andere auch. Aber das ist Paul nicht. Er fühlt sich unwohl, möchte ausbrechen, kann nicht, die Türen sind geschlossen. Eine gespannte Ruhe, die Vorstufe zu einer gemäßigten Unruhe, macht sich breit, wird zum Teil überlagert von Lachen, das nicht echt wirkt, von vorlauten Bemerkungen, die ablenken sollen von der Anspannung, die viele Menschen beim Start dieses Riesenvogels überfällt. Endlich lehnt Paul sich zurück, schließt die Augen, faltet die Hände, als würde diese Geste ihm helfen können. ‚Das haben andere auch schon versucht, kurz bevor sie abgestürzt sind', denkt er. Alles drängt sich in Paul zusammen zu einer Frage: ‚Was tue ich hier, wo ist Anna?'

Paul kennt das, das läuft ab wie eine CD, wiederholt sich jedoch ohne Befehl. Manchmal gelingt es ihm, diese Kette zu durchbrechen, indem er ganz intensiv versucht, den Ursprung oder Auslöser zu finden. Das glückt nicht immer. ‚Anderthalb Stunden, die werde ich durchhalten, ich muss mich ablenken. Ich könnte die Sekunden zählen, bei 60 immer eine Minute aufschreiben, mich dabei nicht stören lassen. Das hält mich wach und lenkt mich ab. Ich versuche es.' Paul beginnt zu zählen. Es dauert nicht lang, dann bewegt er dabei die Lippen. Er kramt in seiner Tasche nach einem Kugelschreiber, findet ihn und auch ein Papier, er schreibt zunächst Sekunden, dann nur noch in Minutenschritten auf, später dann alle fünf Minuten, ohne auf die Uhr zu sehen. Der Flugbegleiter kommt mit dem Getränkewagen. Paul lehnt unwirsch ab, er mag nicht gestört werden. Ihm fehlen ein paar Sekunden, aber er versucht, Ruhe zu bewahren. ‚Was sind schon Sekunden? Sehr viel, wenn man viele davon hat', beantwortet Paul seine eigene Frage. Sein Sitznachbar schielt manchmal nach links, heimlich, wenn das möglich ist. Der Mann neben ihm ist ihm nicht geheuer. ‚Erst kommt der so spät und dann schreibt er nur Zahlen aufs Papier', denkt er. Sein Interesse ist schnell verflogen. Auf verrückte Menschen trifft man jeden Tag. Er widmet sich wieder seinem Bier und dem ‚Spiegel'. Als er nach einiger Zeit mal wieder auf seinen Nachbarn schaut, ist der eingeschlafen, schnarcht sehr dezent vor sich hin, Bleistift und Papier liegen quer auf den Oberschenkeln. ‚Was haben all diese Zahlen für einen Sinn', fragt sich der Mann. Die Antwort stellt sich nicht ein.

Paul befindet sich in einem Sinkflug, hält die Sessellehnen mit den Händen fest, dass die Knöchel weiß werden. Beim Bergsteigen innezuhalten, sich aus großer Höhe umzusehen, muss ähnlichen Sog ausüben, sich fallen zu lassen. Er fällt, fällt immer schneller, denkt noch an die Formel für den freien Fall und was Beschleunigung dabei bedeutet, doch plötzlich segelt er leicht über ein Gewässer, dessen Ränder er nicht mehr sehen kann, so tief ist er bereits abgesunken. Bei der Landung zieht es ihm nur die Füße weg, alles kommt mit Schleifspuren langsam zum Stehen. Paul versucht, nicht zu wackeln, das ist sein Ziel, es dauert, bis er sich eingependelt hat. „Geschafft", sagt Paul zu seinem Nachbarn, der ihn staunend ansieht.

„Ja, das war eine schöne Landung. Bei diesem Wind hätte es auch anders ablaufen können."

„Wind? Hatten wir denn Wind?"

„Na, und ob, Sturmböen, eine Bora zeigt sich, und das erst in ihrem Anfangsstadium. Müssen Sie heute noch weiter?" Der Mann wird Paul lästig. Paul schüttelt verneinend den Kopf.

Die Maschine steht. Wie auf Kommando, doch keiner hat eines ausgegeben, erheben sich die Leute von ihren Sitzen. Paul lehnt sich zurück, schließt die Augen und denkt: ‚Die Menschheit hat das Denken aufgegeben'. Sich selbst schließt er dabei nicht mit ein. In seiner Heimat sagt man in solchen Fällen: Abwarten und Teetrinken. Was soll diese Hektik, die Türen sind ja noch nicht einmal geöffnet. Und warum sollte Paul sich von der Menge zerquetschen lassen oder sich deren Ausdünstungen aussetzen. Er wartet. Er ist als letzter gekommen, als letzter wird er gehen. Der nette Flugbegleiter wünscht ihm einen schönen Urlaub.

„Ich mache keinen Urlaub, ich habe zu arbeiten, auf Wiedersehen", sagt Paul, als er die Gangway betritt.

Das erste, was ihm entgegenkommt, ist ein heftiger Windstoß. Paul hält sich beim Hinuntergehen mit der rechten Hand am Geländer fest. Da er von der sich nähernden Bora erfahren hat, wundert er sich nicht, dass es hier nicht einmal so warm ist wie zurzeit in Köln oder Leer, und auch nicht darüber, dass es schon zu dunkeln beginnt.

Am Ende der sich auflockernden Reihe der zur Gepäckausgabe eilenden Passagiere geht Paul. Er folgt den andeen in Abstand, aber so, dass er noch sehen kann, wohin sie gehen. Alle treffen sie wieder aufeinander. Es dauert, bis sämtliche Koffer und Pakete vom Band genommen sind. Paul ist einer der ersten gewesen, dessen Reisetasche zu sehen war. Er steht jetzt abseits. Nicht verwunderlich, weil Jahre zwischen diesem Flug und einem früheren liegen, hinzu kommt, dass Paul sich jetzt im Ausland befindet. Und er ist allein. ‚Mit Anna an meiner Seite wäre alles viel einfacher', denkt er noch, da hat er bereits alle Kontrollen passiert und steht erleichtert vor dem Flughafengebäude im rauen Wind und unter tiefen, dunklen Wolken.

Paul sieht die mürrischen und enttäuschten Gesichter der Mitreisenden, er hat gelernt, das zu deuten, das war viel Arbeit, aber dafür weiß er jetzt ungefähr, was in den Köpfen dieser Menschen los ist. Anna hat das mit ihm lange üben müssen, als er ihr eines Tages gestanden hat, aus der Mimik seiner Mitmenschen gar nichts lesen zu können. Das war gut so, das weiß er schon lange. Dass Anna sich damals sehr gewundert hatte, hatte er vergessen. Dafür passiert es ihm heute nur noch selten, nichts deuten zu können, höchstens, wenn er sehr aufgeregt ist und dadurch die Spielregeln für einen Moment vergisst.

Sein Sitznachbar will eben an Paul vorbeigehen, da er offensichtlich erwartet wird, und spricht Paul von der Seite an: „Na, Sie Glückspilz, von der Bora haben Sie wohl noch nie etwas gehört, oder? Das ist ..."

Paul wundert sich selbst über seine schnelle Reaktion, als er loslegt wie ein Oberlehrer: „Der Name Bora, abgeleitet von ‚Boreas' (der Nördliche), kommt aus dem Griechischen und bedeutet „kalter Windstoß", „kalter Regenguss". Die Kroaten nennen ihn Bura und die Slowenen Burja. Er ist ein trockener, kalter und böiger Fallwind zwischen Triest, der kroatischen und der montenegrinischen Adriaküste. Winde vom Bora-Typ gehören mit ihrer Häufigkeit und ihren hohen Durchschnittsgeschwindigkeiten, vor allem zwischen Triest und der Nordwest-Küste Kroatiens sowie in Teilen Süddalmatiens und Montenegros, zu den stärksten der Welt. Spitzengeschwindigkeiten einzelner Böen erreichen hier Werte von bis zu 250 km/h." Kurze Pause, um Luft zu holen. „Bora-Winde gehen von einem aus dem Polargebiet wandernden, starken Kaltluftausbruch hervor, die am Boden als nördliche oder nordöstliche Windströmungen zum adriatischen Küstengebiet in Erscheinung treten. Vom synoptischen Standpunkt ist die regionale Beschränkung durch die topographischen Bedingungen vorgegeben. Als Randerscheinung des winterlichen Hochdruckgebiets über Zentralasien ist die makroklimatische Form des Kaltluftabflusses mit der Gebirgsumrahmung im Adriabecken durch die Dinariden eng verbunden. Bora kommt bei vergleichbaren Gegebenheiten, neben der Ostküste der Adria, noch an der russischen Schwarzmeerküste bei Noworossijsk, auf Nowaja Semlja, in Skandinavien und in der Kantō-Ebene Japans vor."

Paul hält inne, schnappt nach Luft. Er sieht den erstaunten und auch etwas konsternierten Nachbarn an: „Alles nachzulesen bei Wikipedia.org/wiki/bora/wind, falls es Sie wirklich interessieren sollte."

Der Mann hat sich inzwischen wieder gefangen und zieht mit einem erhobenen rechten Daumen eilig von dannen.

Pauls Vortrag nimmt so abrupt ein Ende, dass Paul sich erst einmal besinnen muss, was jetzt zu tun ist. Unter diesen Wetterbedingungen wird die Fähre nach Cres wohl kaum noch an diesem Tag auslaufen können.

Dirks Wiederholungstraum

Nachdem er Anna erstmalig nach ihrer Abreise wiedergesehen hat, ist Dirk nicht viel klüger geworden, das stellt er fest. Er sitzt vor seinem Fernseher, in der Hoffnung, noch einen späten Spielfilm oder auch einen Naturfilm zu finden, der ihn vom alles beherrschenden Thema wegführt. Aber natürlich gibt es nichts, was ihn vor dem Bildschirm hält. „Das ist immer so, wenn man etwas braucht, ist es nicht vorhanden", schimpft er.

Er holt sich ein Bier vom Balkon, geht in die Küche, sieht in seinen Kühlschrank. Roher Schinken, ein alter Gouda, die Flasche Korn, Joghurt, Butter und ein ziemlich verwelkter Apfel. Ihm fällt ein, dass er einen Doseneintopf im Vorbeigehen wahrgenommen hat. Wo war der? Ab und zu kaufte er einen Feuertopf bei ALDI. Einer müsste noch im Korb in der Diele stehen, meint Dirk und geht um ihn zu holen.

Sein Gasherd ist selten in Gebrauch, Dirk verfügt nicht immer über die notwendige Bereitschaft zum Kochen. Er nennt es auch nicht so, und er hält diesen ganzen Aufwand für nicht lohnenswert. Andererseits weiß er sehr wohl, dass sein Lebensunterhalt durch den Luxus des Essengehens etwas teurer geworden ist. Aber ob es gesünder ist? Seine Figur spricht ein wenig dagegen.

Die Blechdose ist schnell geöffnet, einen Topf nimmt er aus dem Schrank, Inhalt hineingegeben, Gas angezündet. Dirk sucht noch etwas. Er zieht aus dem Brotkorb ein Stück Schwarzbrot hervor, umständlich nimmt er die Butter aus dem Kühlschrank, bestreicht mit der gekühlten Butter dick das Brot, anders geht es nicht, holt einen Suppenteller und einen Löffel, setzt sich und öffnet die Bierflasche. Pils, obwohl der Arzt ihn gewarnt hatte, seine Purin-Werte seien zu hoch. Den Feuertopf, besser gesagt, die Verpackung sieht Dirk sich genau an, holt dazu sogar seine Brille. Denn, und das ist schon zwei Jahre her, diese Konserve war die letzte ihrer Art, die er 2013 noch hatte erstehen können. Bis heute hat ihm kein Mensch sagen können, warum dieser Bestseller aus dem Programm genommen wurde. Vielleicht waren es politische Gründe, hieß der nicht mit vollem Namen ‚Mexikanischer Feuertopf'? Dirk kann über seinen eigenen Witz nicht lachen. Er ist hungrig und beschließt, das Verfallsdatum dieser wahrscheinlich als Vollkonserve zu bezeichnenden Feinkost zu ignorieren. Es ist ja auch kaum lesbar. Dafür geht ein Duft durch die Küche, der Dirk unmittelbar in seine Jugend führt. Bei jeder Party war der Feuertopf dabei. So etwas vergisst man nicht. Nur zum Kochen durfte man ihn nicht bringen, das war strengstens untersagt, obwohl der Grund dafür nicht bekannt war. Fest stand, er löste großen Durst aus. Und das wird er jetzt auch bei dem wahrscheinlich letzten seiner Anhänger machen. „Purin, Purin, das kannte früher keiner, und wer ist daran gestorben?" Darauf nimmt er einen großen Schluck aus der Flasche. Vorfreude.

Dirk deckt nicht den Tisch. Er geht mit einem Suppenteller an den Herd und lässt die Suppe direkt aus dem Topf auf den Teller fließen, von einem Heißhunger begleitet, der Zunge und Gaumen feucht werden lässt. „Wann habe ich das letzte Mal ein solches Gefühl gehabt?", rätselt Dirk. „Ach, was soll diese Nabelschau, ich stehe eben unter Stress, und das wird vorbeigehen wie alles andere davor auch!" Er isst mit großem Behagen Brot und Suppe, trinkt sein Bier. ‚Purine auch hier in den Bohnen', sagt er sich noch einmal, ‚wo sind die Dinger eigentlich nicht drin? Ich sündige doch sonst nicht! Leider!' Das ist getan, der Tisch abgeräumt, und die große Frage kehrt zurück aus Dirks Gedächtnis, das so schnell nichts vergisst.

Kein Film, kein Buch, keine Zeitung, kein Anruf, womit soll er denn bloß die Zeit füllen, bis er von Anna hört, was die Polizei oder der Arzt oder die Friedhofsverwaltung noch miteinander zu tun haben werden, bis Paul in Frieden ruhen kann.

Dirk fühlt eine Beklemmung unterhalb des Herzens, die ihn nicht zum ersten Male überfällt. Etwas Diffuses, nicht zu Benennendes hat sich in ihm fest eingenistet. Woher das kommt, wann es begonnen hat, er kann es nicht sicher sagen.

Ist es Sauerstoffmangel, dass er plötzlich gähnen muss, oder ist das ein kleines, sich öffnendes Ventil? Dirk hatte vor einiger Zeit mal gelesen, dass Wissenschaftler vermuteten, Stress sei daran beteiligt. Mit dem Gähnen würde der Mensch Angstgefühle und auch Aufregungen besser vertragen. Es gäbe sogar Menschen, die vor einem Wettkampf, zum Beispiel Sportler vor dem Start, auch häufig gähnten. „Ach, ist ja auch egal", räsoniert Dirk. „Ich gehe ins Bett und werde recht bald einschlafen, Purin hin, Purin her." Als er das Licht in der Küche ausschaltet, gähnt er noch einmal kräftig, wie aus dem Glauben heraus, dass nur eine einzige Erklärung Gültigkeit habe, und das sei Müdigkeit. Dirk liegt auf seiner Couch, die Balkontür steht offen, das ist der Sauerstofftest. Es ist gemütlich unter der Bettdecke und den zahlreichen Kissen. Was Anna jetzt wohl macht, ist sein letzter Gedanke, bevor er einschläft.

Dirks lange Nacht

Eine kleine schwarze Amselfrau fliegt zwischen dem Grün der Blätter und den Zweigen der Trauerweide hin und her und bleibt hoch oben auf dem höchsten Punkt, wo nur noch kleine dünne Zweige zu sehen sind, sitzen. Sie ist allein. Manchmal ist der Mann dabei. Ob sie noch ihr Nest bauen? Dann kommen die Sekunden, in der das Amselweibchen nur noch eine Karikatur ist, mit leichter Feder schwarz gezeichnet auf grauem Grund. Ab dann bewegt es sich nicht mehr. Der Kontakt mit dem Männchen ist abgebrochen. Sobald er wieder wegfliegt, verwandelt sich die Amsel zurück in ihre ursprüngliche Form und Farbe. Töne lassen sich nicht hören. Der Baum steht in einer großen Halle mit hohen Wänden, schmucklos und mit viel Mobiliar, das doch nicht einladend wirkt. Ein Ausdruck von Gleichgültigkeit liegt über allem und eine Art Kälte, die einen frieren lässt, obwohl der Frühling längst da, ja, schon bald vorbei sein wird.

Unter der Bettdecke liegt Dirk, er schläft. Ab und zu bewegt er sich. Er ist nicht unruhig. Er ist auf der Suche, so sieht es aus. Nicht aufgeregt, nicht dringend, aber auf der Suche. Einmal wacht er auf, weil er durstig ist. ‚Wahrscheinlich vom Feuertopf', denkt er. Er steht auf, geht in die Küche, nimmt ein Glas, geht damit zum Wasserhahn und füllt es, trinkt es in einem Zug leer. Er legt sich wieder.

Es ist eine mondhelle Nacht, sie hindert ihn eine Weile, sofort einzuschlafen. Doch der Mond zieht schneller weiter, als Dirk wach bleiben wird.

Als er am Morgen aufwacht und auf die Uhr sieht, glaubt er an ein Versehen oder dass die Uhr stehen geblieben sein muss, denn es ist erst sechs. Dirk ist wach, ausgeschlafen, aber nachdenklich. Er setzt sich auf, macht die kleine Stehlampe an, lehnt sich in der Mitte der Couch an, legt die Füße auf den Tisch, nimmt das Buch auf, das er immer wieder zur Hand genommen, aber nie zu Ende gelesen hat in seinen arbeitsfreien Tagen. Warum ist ihm das nicht gelungen? Weil in seinem Kopf so viele andere wichtige Angelegenheiten hausten, die ständig in die erste Reihe kommen wollten, als hätten sie einen Anspruch darauf.

Plötzlich fällt ihm das Buch vor Schreck aus der Hand, landet geöffnet, was nicht sehr fein aussieht, auf dem Teppichboden. Dirk möchte sich wohl bücken, es aufzuheben, doch seine Bewegungen werden ganz langsam, ungefähr so, wie er jetzt seine Gedanken ordnet.

„Verdammt, ich weiß es. Es ist die schwarze Amsel von heute Nacht." Er schüttelt den Kopf.

„Wenn mich jetzt einer meiner Freunde hören würde, oh Gott, was möchte der wohl denken? Dass ich im Urlaub übergeschnappt bin oder total unter die Räder gekommen? Ich würde es ihm nicht übel nehmen."

Dirks Wortschatz ist nicht sehr umfangreich, sein Gemüt hat verhindert, dass er sich bemühte, an ein etwas größeres Bildungspaket zu gelangen. Es hat jedoch immer gereicht. Nur manchmal, in solchen Situationen wie der jetzigen, fehlen ihm die Worte.

„Die schwarze Amsel, mit dünner Feder gezeichnet, für ein Tattoo außergewöhnlich fein", flüstert Dirk vor sich hin. Und immer wieder: „Die Amsel, die Amsel. Hat er die schon lange? Ich trau' mich nicht Anna zu fragen. Und wenn sie es gar nicht weiß? Mein Gott, das mag ich nicht denken, dass sie das nicht weiß. Aber wenn doch? Wie stehe ich dann da? Andererseits ist das Tattoo ja am Oberarm innen, was keine Körperstelle ist, die man normalerweise verstecken muss, obwohl, Paul, Paul ist etwas anders als alle, die ich kenne. Er würde das nicht gut finden, wenn ich ihn verriete."

Dirk ist so wach und munter, dass es besser ist, aufzustehen und den Tag, den er jetzt als einen der wichtigsten in seinem Leben betrachtet, gebührend zu empfangen. Dirk ahnt, dass das, was nun auf ihn zukommt, entscheidend wird für Frage, was mit Paul geschehen ist und was Anna damit zu tun hat.

Er nimmt sich vor, später im Internet zu googeln, um Informationen über die Amsel zu erhalten. Ist das vielleicht ein Schlüssel zu Pauls Tod oder gar zu seinem Leben?

Andererseits steht Dirk nach eigenem Bekunden viel zu sehr mit beiden Beinen auf der Erde, um sich mit Hilfe der Traumdeutung der Lösung eines Rätsels nähern zu wollen.

*Ende
des 2. Teils
der Trilogie*

Das Paddelboot

Neueste Informationen stets auf www.erika-oczipka.de